TAKE
SHOBO

恋愛ご法度の魔女見習いなのに、学園一のモテ男から純潔を狙われています

姫沙羅

Illustration
なま

MOON DROPS

恋愛ご法度の魔女見習いなのに、
学園一のモテ男から純潔を狙われています

Contents

イラスト／なま

恋愛ご法度の魔女見習いなのに、学園一のモテ男から純潔を狙われています

MOON DROPS

プロローグ

『だれか……っ、たすけて……！』

真っ赤に染まった少年の小さな身体に縋《すが》りつき、幼い少女が必死に辺りを見回しながら泣き叫んでいた。

『たすけて……！』

けれど、運の悪いことに、そこには二人以外は誰もいない。否、〝人間〟以外のモノであれば……。

『いや……、こないで……』

血に飢えたような、真っ赤に迸《ほとばし》るギロリとした双眸《そうぼう》が近づいてきて、少女は嫌々と首を振る。だらりと涎《よだれ》の垂れる口元には、先ほど少年に噛《か》みついた時に溢《あふ》れた真っ赤な血が滴り落ちる。

大型犬ほどの大きさの黒い獣は、少女が初めて見る〝魔獣〟と呼ばれる生き物だった。

『こないでぇ……！』

意識を失っている少年を庇《かば》うように、少女は恐怖に震えながらその小さな身体を抱き締める。

大人の目の届かない〝秘密基地〟に、少年を誘ったりなんてしたせいで。

『いやぁ……！』

ガバリ、と真っ赤な口が開き、黒い獣が飛びかかる。

『――――っ！』

少女は喰《く》われることに身をすくませ――。

その瞬間、少女の身体は仄《ほの》かに発光し、獣が僅かにたじろいだ。

『……？』

覚悟を決めた瞬間が訪れないことに、少女がそっと目を開けた直後。

『こんなところに野生の魔獣が出るなんて！』

杖《つえ》を携えた長い黒髪の女性が、凛《りん》とした姿でそこに立っていた。

なにが起こったのかはわからない。けれど、その瞬間、自分が助かったことだけは理解した。

地に倒れた黒い獣が起き上がる気配はない。それにほっと胸を撫《な》で下ろしかけ、少女はすぐにハッと目を見開くと、その女性へ助けを求めていた。

『たすけて……！』

少女の腕には、血を流し、ぐったりと意識を失っている黒髪の少年の姿がある。

幼いながらも、果敢に少女を守ってくれた、小さな騎士《ナイト》。

『もちろんよ』

少女へ優しく微笑みながら、女性の目は真剣そのもので癒しの魔法を紡ぎ出す。

『私はこの子を探していたのだから』

小さく呟《つぶや》かれた声は、少女の耳には届かない。

女性が翳《かざ》した掌からは柔らかな光が溢れ、少年の怪我を治していく。

出血は多いものの、命に別状はないと言われてホッと胸を撫で下ろした。

『あ……、ありがとう、ございました……』

ポロポロと、次から次へと涙が溢れ出た。

安心感と、少年をこんな目に遭わせてしまったのは自分のせいだという罪悪感と。

『お礼はいらないわ』

そんな少女を責めるでもなく、女性は「ただ」となにかを思った様子で凛と言葉を紡ぎ出す。

『貴女、名前は？』

尋ねられ、少女は不思議そうに目を瞬かせながら口を開く。

『ドロシーです』

『貴女には、才能がある』

きょとん、とした少女の大きな瞳が女性を見つめた。

女性がなにを言っているのか、幼い少女には理解が及ばない。

ただ。
『魔女になりなさい』
その言葉だけは、いつまでも少女の心の中に残ることになる。
『私の名はディアナ。ディアナ・クロウ。十三番目の魔女』
彼女はそう言い、悠然と微笑んだ。
『貴女が私の元に来る日を楽しみに待っているわ』

あんなふうに、自分もなれたなら。
その言葉を受け、幼い少女は〝魔女〟になることを志す。

第一話　出逢い

『この地に千年に一度の厄災が訪れる時、聖なる乙女は大魔女として目を覚ます』

　この国には、そんな伝説が残されている。

　また、千年に一度現れるという〝大魔女〟は、笑えば晴天、泣けば雨、怒れば雷が落ち、天候さえも操るという。

〝厄災〟なるものがどんなものなのかはわからない。

　ただ、その〝千年〟は数年前に越えたらしいと、真しやかに囁《ささや》かれている。


　ビン底眼鏡に、緩い三つ編みをした亜麻色の長い髪。無事に入学式を終えたドロシーは、これからの学園生活にドキドキと胸を高鳴らせていた。

　なにせこの王立学園は、貴族の子息子女が集まる国内唯一の学園で、ただの町娘でしかなかったドロシーが入学できたのは、その魔法力の高さを買われ、特待生として通うことが許されたからだった。

　高額な学費が免除になるだけでなく、教材費もかからず、学園内の寮に入っている限り食事にも困らない。こんな厚待遇で、結果を出さなければ許されない。

学園生活は二年間。その短い期間で、ドロシーは絶対に魔女になってみせると、決意新たに小さな拳を握り締める。

一人前の〝魔女〟として認められるためには、一定以上の魔法を使えるようになることが条件だ。そのため、魔女を目指して勉強中の少女たちは〝魔女見習い〟と呼ばれている。

〝見習い〟がいつ外れるかは、本人の努力と……、才能次第。

ドロシーは、ずっと魔女になることを夢見ていた。

命の恩人である魔女に憧れ、その恩に報いる日が来ることを願っていた。

だからドロシーは、余所見をするわけにはいかない。

〝見習い〟ではなく、立派な〝魔女〟になるために。

憧れの女性は王宮付きの偉大な魔女だが、そこまでのことは望んでいない。ちょっと魔力に恵まれただけの、他は平凡な自分がそんな立派な魔女になれるとも思っていない。

ただ、無力だった幼い頃の自分のような、弱い人を助けることができればそれでいい。

（よし……！　やるぞ……！）

気合いを入れ、学園の案内図片手に今日から生活する寮へと向かう。先に荷物は送ってあるので、まずは荷解きをして片付けから始めなければならない。

緑の多い敷地内は広く、気後れしそうなほど豪華絢爛《けんらん》な建物を眺めながら、きょろきょろと辺りへ視線を彷徨《さまよ》わせる。

と。

ドン……！

「あ……っ、ごめんなさい……っ」

すれ違い様に肩がぶつかり、ドロシーは慌てて顔を上げる。

「いえ、こちらこそ……」

さらりとした少しだけ長い銀髪に、耳には特徴的な赤いクリスタルが揺れる。思わず見《み》惚《と》れるような美青年は、ドロシーと視線が合った途端に驚いたように目を見張った。

「ド……」

「……え？」

なにかを言いかけた青年は、挙動不審に視線を彷徨わせ、コホンと一つ咳《せき》払いをしてから柔らかな微笑みを向けてくる。

「……失礼しました。貴女のお名前を伺っても？」

優しい声色に柔らかな物腰。けれどそこにどこか胡散《うさん》臭いものを感じてしまうのはドロシーの気のせいか。

「……ドロシーです。ドロシー・シャルロッテ」

「…………ドロシー、嬢……」

確認を取るように反芻《はんすう》される自分の名に、ドロシーは眉を寄せる。

「はい？」

煌《きら》びやかな服装は、どこからどうみても上流階級のそれだった。この学園に通うことが許されなければ、ドロシーなど彼のような人間には一生お目にかかる機会はないだろう。

「貴女は、新入生？」

問いかけられ、不審を抱きつつもコクリと首を縦に振る。

「では、歓迎パーティーのダンスのお相手を申し込んでも？」

「…………は……？」

歓迎パーティーなるものもよくわからないが、さらにダンスとは一体なんだろう。

そんなもの、ドロシーは一度も経験したことがない。

「……オレのこと……っ」

優雅な仕草から一転し、青年は再び視線をあちらこちらへ彷徨わせる。

「……エリアス」

だが、一つ大きな吐息をつき、青年はぽつりとそう言ってから甘やかな微笑みを浮かべた。

「貴女より一学年上の、エリアス・クロフォードです」

その瞬間、どきり……っ、と胸が高鳴った。

エリアスと名乗った青年は、誰が見ても整った容姿をしている。

これでときめかない女性はいないだろう。

「新入生歓迎会では、ダンスがあるでしょう？　パートナーはすでに決まっていますか？」

「いえ、お気持ちは嬉《うれ》しいのですが、私、ダンスは踊れなくて」

思わずドキドキと高鳴る鼓動を押し込めながら、ドロシーは小さくはにかんだ。

歓迎会でダンスがあることなど初耳で、あったとしても踊れるはずもない。場違いすぎる自分の存在を再認識させられる。

ドロシーがこの学園に来たのは、立派な魔女になるため。

貴族との社交もダンスもどうでもいい。

「そんなことはお気になさらず」

「はぁ」

やんわりと断りを入れるもにこにこと微笑まれ、胡散臭いその笑顔に曖昧な答えを返す。

切れ長の瞳に薄い唇。きっと誰もが目を奪われる容貌は、ドロシーも例外ではないけれど、それでも生きる世界が違いすぎて、むしろ冷静になってしまう。

そんな、別世界に住む人間が、なぜ自分などを誘ってくるのかわからない。

物珍しさからからかわれているのか。それとも、純粋な好意からなのか。

どちらにしても、ドロシーはダンスなど踊れないからどうでもいいのだけれど。

「では、約束の印を」

ぼんやりと取り留めないことを考えてエリアスの顔を見つめていると、気づけばその綺《き》麗《れい》な顔が眼前に迫っていた。

軽く肩を引き寄せられ、口元にあたたかな吐息がかかる。

「な……⁉」

唇の端。なにかが掠めるようにして触れて離れた感触に、ドロシーの瞳は大きく見開いた。

一瞬の出来事に、すぐに理解が追いつかなかったが、なにをされたのかくらいはわかる。

次の瞬間、考えるよりも先に手が出ていた。

パシーン！　と小気味良い音が響き、ドロシーは彼の唇が触れた場所を手で押さえながら目を白黒させる。

「ななななん……⁉」

「だから、〝約束〟と」

こちらも平手打ちされたことに一瞬驚いたような表情《かお》をしたエリアスが、すぐに飄々《ひょうひょう》とした態度になって告げてくる。

その瞬間、ドロシーは目の前の男の軽い性格を理解した。

「お断りします……！」

「え？」

きっぱりと言い切って、ドロシーはエリアスを睨《にら》みつける。

ドロシーの、女の勘が告げている。

この男は、〝女の敵〟。

「二度と私の前に現れないでください……！」

そうしてくるりと踵《きびす》を返し、ドロシーは振り向くこともなく、ムカムカと歩き出していた。

＊　＊　＊

そんな、忘れたくても忘れられない、失礼千万な男との出逢《であ》いから一ヶ月。ドロシーは、概ね平穏な生活を送っていた。

あれ以来、彼の姿は見ていない。元々学園の敷地は広く、通う生徒の数もかなりのものだ。早々会うこともないだろう。

貴族の子息子女ばかりが通う学校で、ドロシーに友人などできるはずもなく、休み時間に気軽に話すような女友達もいなかった。だから、あの時の彼の正体は未だわからぬままだった。

――きっと、どこかの金持ちのボンボンに違いない。

特待生である〝魔女見習い〟の少女のことは知れ渡っていて、ある意味ドロシーは学園一の有名人だ。庶民の出だからと馬鹿にされるようなこともなかったが、一方で積極的に仲良くなろうと話しかけてくるような者もいない。

身分が低いという理由で、もしかしたら陰湿ないじめに遭うかもしれないことも覚悟していたドロシーにとっては、充分平和な日々。

本気で勉学に励んでいれば、一ヶ月などあっという間に過ぎていく。基本的な座学は終わり、簡単な実地練習も始まった。この調子ならば二年という短い時間などすぐに過ぎていくだろう。

……そんなふうに、思っていたのだけれど。

（寮に帰ったらダメかしら……？）

完全に壁と一体化したドロシーは、大きな溜《た》め息を吐き出した。

目の前の広々としたダンスホールでは、煌《きら》びやかな衣装に身を包んだ男女たちが、グラスを片手に会話に花を咲かせている。

高い天井にはキラキラと輝く大きなシャンデリア。ダンスが始まる前の広間には、会話の邪魔にならない程度の静かな生演奏が流れている。

（貴族社会って大変なのね……）

社交界に身を置く彼らにとっては、これも一つの学びの場なのかもしれないが、ドロシーはしみじみとした吐息をつく。

こんな堅苦しそうな生活、ドロシーにはやはり合っていない。

よほどの理由がない限り、全員参加が義務付けられている新入生歓迎会だから渋々足を運んだものの、本音は一刻も早く帰りたい。こんなところは身分不相応だ。

そして、全員参加のはずのこのイベントに、彼の姿は見つからない。

どこの誰だかは知らないが、やはりからかわれたのだろう。

そのことにまたホッと胸を撫《な》で下ろし、ドロシーはきょろきょろと辺りを見回した。

（美味しそう……）

歓迎会もダンスもどうでもいいが、ホールの周りに並べられた料理の山は、ドロシーの胸を高揚させる。どこからどう見ても高級料理だが、他の生徒たちはお喋りに夢中で全く手をつけていない。

芳ばしい香りもデザートの甘い匂いも、ここに来た時からずっとドロシーの胃袋を擽《くすぐ》っていた。

（うん！　ものは考えよう）

色とりどりの料理を前に、ドロシーは気持ちを切り替える。

せっかく貴重なパーティーに参加しているのだ。これでお腹いっぱい食べなければ損だろう。ほとんど減っていない料理の山は、入れ物につめて持ち帰りたいほど勿体《もったい》なくて仕方がない。普段から食堂で出される料理も高級食材ばかりだが、今日は一段と輝いている。

まずはローストビーフからと皿に二、三枚取り分けて、これまた綺麗に小さなガラスの器に飾られたサラダと一緒に口に運ぶ。

（んー！　美味しい！）

食べ物に罪はない。

もぐもぐと口を動かしながら、ドロシーは笑みを溢《こぼ》す。これらの美味しい料理を毎日（無料《タダ》で！）食べられることだけは、現金にもこの学園に来て良かったと思えてしまう。

好き嫌いのないドロシーにとって、食事の時間は至福の時だ。

しかし、そんな幸せな時間は長くは続かなかった。

ざわり……っ、と会場内の気配が変わった気がして、ドロシーはふと次の料理へ伸ばしかけていた手を止め、顔を上げる。

（ん？）

ざわめきの原因は、パーティー会場に姿を現した見覚えのある人間――、あの時の軟派男だった。

「エリアス様よ……！」

「ここ最近はずっとお忙しそうになさっていたのに」

「またしばらくはこちらに通われるのかしら……？」

女生徒たちの黄色い囁き声は、ドロシーの耳にも入ってくる。

優雅な足取りでやってくる青年に、生徒たちは道を譲るように行き先を空けていく。

（げ……っ）

まさか、ここまで有名人なのかと、ドロシーは心の中で辟易《へきえき》する。確かにその見た目だけでも充分人目を惹《ひ》くが、この場のざわめきから考えるに、かなり高貴な身分であることが窺《うかが》える。

そんな天上人となど、ドロシーは絶対に仲を深めたくはない。

（まさか、話しかけてきたりしないわよね……？）

あれはただ、物珍しさからからかわれただけ。まさかと思いながらも、ドロシーは内心びくびくと気配を殺す。今は遠巻きに人々の注目を浴びているが、しばらくすれば逆に人集《ひとだか》りができるだろう。

それまでは隠れていようと、忍び足でそっと人影に移動しかけ――。

「ドロシー嬢！」

（気づかれた……！）

エリアスが嬉しそうに声をかけてきて、ドロシーの肩はぎくりと跳ね上がった。

「またお会いできて良かったです」

エリアスは、周りから浴びる無数の視線などどこ吹く風で、真っ直ぐドロシーの元へ歩いてくる。

（こんな状況で普通に話しかけてくる……!?）

おかげさまで、ドロシーには会場中の視線が突き刺さる。ある意味有名人なドロシーだが、こんな目立ち方は勘弁願いたい。

「……こんにちは」

それでも相手は高貴な人間。失礼があればそれはそれで大事になっては堪らないと、ドロシーは引きつった笑顔で挨拶する。

「可愛らしいドレスですね」

金色の刺繍《ししゅう》がアクセントになっている、赤いドレスを見つめてエリアスがにこりと微笑《わら》う。ドロシーの瞳がルビーのようだからと、学園長が嬉しそうに選んでくれたものだ。

「生憎こういった衣装は持ち合わせていないもので、借り物です」

「よく似合っています」

「いえ。お世辞は結構ですので」

地元では定食屋の看板娘として周りのみんなから「別嬪《べっぴん》さん」だと可愛がられていたが、それは片田舎の狭い世界だったからだ。ここには、華やかで綺麗な女性が大勢いる。彼女たちに比べれば、ドロシーなど芋娘に違いない。

「どうして隠してるんですか?」

いつの間にかドロシーの隣に立った男は、きょとんとした様子で話しかけてくる。

なぜこの男はドロシーに構ってくるのだろう。

「なにをです?」

なにを尋ねられているのかわからず、ドロシーは眉を寄せる。

そんな、不信感が全面に出たドロシーの反応に、エリアスはくすりと意味ありげな笑みを溢す。

「可愛いのに」

（この人、完全に遊び人だわ……！）

ビン底眼鏡の奥に隠れた瞳を覗《のぞ》き込まれ、ドロシーは可愛らしい羞恥を覚えるよりも怒りの方を感じてしまう。

食べ物を扱う定食屋では、衛生面からいつも三つ編み姿ではあったけれど、ビン底眼鏡はここへ来てからだ。とにかく地味に、目立たないように。ある意味悪目立ちしているが、みんなその意図はわかってくれているらしい。だからここまで、波風立てることなくやってこられたのだ。

今さら眼鏡を外す気も、長い髪を解く理由もない。

「是非、貴女の栄誉あるファーストダンスのお相手を」

「は？」

恭しく頭を下げて手を差し出され、ドロシーの目は点になる。

初対面の時のあれは、冗談ではなかったのか。

直後。

「きゃぁぁぁあー！」

「いやぁぁ……！」

と、辺りに上がった金切り声に、ドロシーは肩をすくませる。

（冗談じゃない……！）

恋愛経験皆無のドロシーにだってこれくらいはわかる。こんな男性《ひと》とダンスなど、危険なこと極まりない。

本能の危機信号が告げている。その手を取ったら最後、面倒なことになると。

「……私は踊れないとお話ししたはずですが」

「構わないとお返事したかと？」

「そういう問題では」

あちらこちらで不穏な悲鳴が上がる中、ドロシーは背中に嫌な汗を感じながら淡々と遠慮する。

(早くあっちに行って……！)

もう一秒だって話したくないし一緒にいたくないと思うのに、エリアスはそんなドロシーの願いなど無視して更に手を差し伸べてくる。

「では、お手をどうぞ。お姫様」

「だから……っ、私にそのつもりは……！」

今日は、厄日だろうか。

慎ましやかに過ごしているはずなのに、ドロシーが一体なにをしたというのだろう。

運が悪くも、ちょうどその時、会場内の曲調が切り替わり、ダンスパーティーが始まった。

「ちょ……⁉」

強引に手を取られ、ホール中央まで引き摺《ず》り出されて動揺する。

(最悪……)

そこに広がる光景はまさに地獄絵図だった。

ダンスの経験などないドロシーに優美なステップが踏めるはずはないし、周りからは嫉妬に燃えた視線、視線。

不穏な空気と突き刺さる視線を感じながら、ドロシーはその元凶となった青年を恨めしげに睨みつける。

「……どうして私なんですか」

ドロシーの腰を勝手に取り、これまた勝手に音楽に身を委ねながらエリアスは事も無げににこりと笑う。

「一目惚《ぼ》れしました」

「…………ソウデスカ」

どうやらこの人には話が通じないらしい。

「信じてないでしょう」

「はい。全く」

きっぱり肯定したドロシーの返しに、エリアスはなんとも複雑そうな表情で沈黙した。

その顔は少しだけ可愛いとも思ってしまうが、こんなことで騙《だま》されてはいけない。

「人のことをからかって楽しむつもりなら無駄骨です。どうぞお引き取りを」

仕方なく、されるがままに体を揺らしながらドロシーは嘆息する。

こうなれば、早く自分に飽きて貰わなければ。

「からかってなんていません」

思いの外真剣な顔つきで見下ろされてげんなりする。

「だったらなおのこともう近づかないでください」

「いいえ、今夜はもう離すつもりはありませんので」

コンヤ。ハナサナイ。

なんだかとても物騒な単語が聞こえた気がする。

「迷惑です」

「そんなつれないことをおっしゃらず」

さりげない仕草で腰を撫でられてぞわりとする。

恐らく、この綺麗な顔でそんなふうに誘われたなら、世の女性はみな頷《うなず》いてしまうに違いない。

けれど、ドロシーは。

「私は、〝魔女見習い〟です」

僅かに見開いた瞳に少しだけホッとする。

ドロシーがなんのための特待生なのか、きっとこの学園のほとんどの生徒は知っている。

エリアスの反応からすると、すでに彼も知っている様子だった。

この学園には、ドロシーと同じ〝魔女見習い〟の生徒は数人いる。

そう――、逆に言えば、片手で数えられるくらいしか、魔女を目指す少女はいないのだ。

魔女を志す者がほとんどいない理由。それは。

「では、そういうことで」

一曲が終わったタイミングを見計らい、するりと腕の中から抜け出したドロシーを、エリアスは慌てて引き止める。

「なにも女性の幸せを捨ててまで魔女になる必要はないでしょう？」

「個人個人で幸せの形は違います。私にとってなにが幸せなのかを、貴方が勝手に決めないでください」

「それは、そうですが」

怯《ひる》んだように呼吸《いき》を呑むエリアスへ、ドロシーは精一杯の礼儀を尽くして頭を下げる。

「では、失礼します」

これで、彼がドロシーに声をかけてくることは二度とないだろう。

そうは思いつつ、つい足を止めてしまったのはなぜだろう。

「金輪際、私に近づかないでください」

目を合わせることもなく、去り際にもう一度言い含めるように口にする。

幼い頃からの夢。

こんなところで躓《つまず》くわけにはいかないのだ。

待っている、と言ってくれた憧れの女性《ひと》。

〝見習い〟が取れた暁には、今や宮廷一の魔女となった彼女に会いに行くのがドロシーの最終目標だ。

「もしかして、自信ない？」

だが、突然ガラリと纏《まと》う雰囲気を変えたエリアスに挑発的な言葉を投げられ、ドロシーは反射的に足を止めてしまった。

「は？」

思わず振り向いたドロシーの瞳に、不敵な笑みを浮かべたエリアスの顔が映り込む。

「オレに堕とされそうで怖いんだ？」

「な……⁉」

あまりに自信過剰な物言いに啞然《あぜん》とする。

開いた口が塞がらない、とは、こういうことを言うのだろう。

言葉を失い、目を見開くドロシーに、エリアスは極上の微笑みを浮かべて宣言した。

「必ず、君を振り向かせてみせるよ」

――それは、学園中の女生徒がドロシーの敵となった瞬間だった。

第二話　波乱の学園生活

この世界には、二種類の魔法が存在している。

便宜的に〝黒魔法〟と〝白魔法〟と呼ばれている魔法は、前者が攻撃魔法のような外に向けられるもので、後者は治癒魔法といった、内に向かうものとなっている。

そしてなによりも大きな違いは、〝白魔法〟はなぜか女性にしか使えないものであるということ。理由は解明されていない。ただ、身の内で生命を育むという女性の神秘的な〝なにか〟が大きな要因だろうというのが俗説となっている。それを裏付けるわけではないが、〝白魔法〟にはもう一つ大きな特性が存在していた。

それは、〝魔女〟と呼ばれる人間が稀有《けう》な存在となってしまう理由にも繋《つな》がっている。

――〝白魔法〟を使うためには、純潔《おとめ》でいなければならない。

それゆえ〝白魔法〟を使う者は〝魔女〟と呼ばれ、純潔を失うとその資格も消えることになる。

「魔女に恋愛は御法度」

それがこの世界の決まり事だ。

だから、あんな男に気を取られている暇はないのだ。地味に埋もれて二年を過ごし、憧れの魔女になれたなら。あの時の女性の元へお礼を言いに行きたいと、そんな夢を抱いていたというのに。

にもかかわらず、あの軟派男の気まぐれのせいで、平穏な日常が壊されようとしている。

「ドロシー嬢」

ふつふつとした怒りに肩を震わせていると、まさにその元凶の声が聞こえてきて顔を向ける。

「……エリアス様」

一応相手は一つ年上の先輩で（多分）貴族。失礼のないように敬称をつけつつも、ドロシーはその綺麗《きれい》な顔を睨《にら》み上げる。

相変わらずの整った顔に、程よく筋肉のついたバランスの取れた肢体。どんな女性も選り取り見取りだろうに、どうして自分などに声をかけてくるのかと怒りが湧く。

「良かった。探してたんだ。よければお昼、一緒にどう？」

「結構です！」

こんな男に関わっている場合ではないと、校舎の横道をつかつかと歩き出したドロシーを、エリアスは優雅な早足で追ってくる。

「ドロシー嬢が好きそうなサンドウィッチとデザートを用意させたんだけど」

優しい声色で微笑まれ、一瞬断り文句につまってしまう。

どんな偶然か、サンドウィッチはドロシーの大好物だ。だが、こんなことで餌付けされては堪らない。

「サンドウィッチは好きですが、貴方と食べると不味くなりそうですので」

「あ。やっぱりサンドウィッチ好きなんだ？」

なにが〝やっぱり〟なのだろう。

そして後半部分に関しては、人の話を聞いていない。

「せっかくだからピクニック気分で中庭の木陰ででも」

「慎んで辞退させて頂きます！」

「そんなに邪険にしなくても」

まるで主人に怒られた仔犬《こいぬ》のように哀しそうな表情《かお》をする。見目麗しい彼にそんな瞳を向けられたなら、世の女性たちはイチコロだろう。

本当に、どこまで質《たち》の悪い男だろうとむかむかする。

「もう私に構わないでください！」

迷惑です！　と睨みつければ、さすがのエリアスも困ったように苦笑した。

「……わかったよ。じゃあ、今日は妥協案」

鋭い視線はそのままに、ドロシーは無言でその妥協案とやらを催促する。

「サンドウィッチを作ったのはオレじゃなくて家の者だ」

だからなんだというのだろう。

いくらなんでも、エリアスがドロシーのために手ずから料理をするとは思えないから、そんなことは当然だ。

「オレ一人では食べ切れない。せめて貰《もら》ってやるくらいのことはしてくれないか？」

その提案は魅力的で、つい心が揺らいでしまう。

定食屋の看板娘をしていたドロシーは、食べることが大好きだ。しかも、エリアスの家で作られたものならば、食材は間違いなく一流品が使われているに違いない。

ドロシーに「食べて」とキラキラ輝いて訴えてくるサンドウィッチを想像するだけで、まだ昼食にありつけていないお腹の虫が、ぐぅ、と鳴った。

食べ物に罪はない。

罪は、ないけれど。

(でも、ここで絆されるのは)

「そしたら今日はもう君の前に現れない」

「今日と言わずこの先ずっと、ということなら喜んで頂きますが」

「手厳しいね」

ドロシーの冷たい態度にエリアスは苦笑する。

とはいえ、エリアスから醸し出される雰囲気を読み取る限り、ここでこの申し出を断れば、そのまま強引にお昼を一緒にとらされそうだ。

「まぁ、いいです。今日はそれで手を打ちます」

お昼を共にするか、サンドウィッチだけを受け取るか。

結局はその二択かと思えば、選べる答えは一つだけ。

(決して大好物《サンドウィッチ》に釣られたわけでは……！)

誰に対しての言い訳か、心の中で葛藤しながら自分自身に言い聞かせる。

「じゃあ、ちょっとこっち来て」

甘い蜜に誘われる蝶《ちょう》のように、ふらふらと彼に付いていく。

――やっぱりそれは罠《わな》で。間違いだった。

「はいどうぞ」

手招かれたのは校舎の陰。

そこに置かれていた紙袋をなんの疑いもなく受け取って、ついつい中身を覗《のぞ》き込む。

「御馳走様《ごちそうさま》です」

ドロシーの大好きな小麦の香りと、目にも美味しい煌《きら》びやかな具材。

自然と唾が滲《にじ》み出て、ふにゃりと頬が緩んでしまう。

食事の時間は至福の時。早く齧《かじ》りつきたくて堪らない。

「ねぇ」

大好きなサンドウィッチに気を取られ、つい油断してしまっていた。

「本当に魔女になるつもりなの？」

そう簡単には獲物を逃がすつもりのない瞳が、真剣な色を湛《たた》えてドロシーを見下ろしてくる。

「貴方には関係ないことです」

アメジストのような紫の瞳。その瞳に見つめられるとドキリとする。

頭の奥に、危険信号が灯る。

そのまま囚われて……、自分を見失ってしまいそうな。

「あるよ。オレは君に恋人になって欲しいのに」

本気で言っているような瞳と声色に、ぞわりとした鳥肌が立つ。

一目惚《ぼ》れ、なんて、そんなもの。ドロシーは信じない。

「それは無理ですから諦めてください」

気づけば壁際まで追いつめられていてハッとする。

「どうしてそこまでして魔女になりたいの?」

「それこそ貴方に関係ないでしょう!」

背中には、ひやりとした硬い壁の感触。エリアスの左手はドロシーの耳の横につかれ、真剣な瞳が顔を覗き込むようにして眼前へと迫ってくる。

「離して……っ」

思わず逃れるように身を捻り——。

「っん、ぅ……!?」

顎を取られ、ドロシーの唇を柔らかななにかが塞いでいた。

「……ん、ぅ……？」

目の前には、近すぎて焦点の合わないエリアスの綺麗な顔があり、一体自分の身になにが起こっているのかと混乱している間にも、一度唇は離されて、再び柔らかな感触が下りてくる。

「ふ……っ、ん……」

キスを、されている。

ドロシーがそれを理解したのは、なまあたたかな感触が強引に唇を割り開いてきた時だった。

「ん……っ⁉　ん……っ、んんん……⁉」

くちゅ……っ、と、淫猥《いんわい》な水音が鼓膜に響き、驚きに目を見張る。舌先を絡まされ、自分のものではない他人の熱を生々しく感じた。

我に返り、慌ててドン……ッ！　と目の前の身体を押し返す。

「な、ん……⁉」

「キスは初めて？」

悪びれもせず、くすり、と笑ったその唇が赤く濡《ぬ》れている意味を悟って、顔に熱が上っていく。

動揺しすぎて、言葉など出るはずもない。

だが、エリアスはこんなことは大したことではないという様子で笑うと、ドロシーを安心させるかのように囁《ささや》いてくる。

「大丈夫だよ。キスくらいじゃ魔力は消えないから」

「――――っ！」

なにもかも。彼はわかっていてやっている。

「〝魔女は純潔でなければならない〟。でも、逆に言えば、処女でありさえすれば他はなにしても大丈夫ってことにもなる」

くすり、と笑みの形に引き上がった唇に、一瞬にして沸騰するような激しい怒りが湧いた。

パーン……！　と。

小気味いい音を立てて、その頬を平手で打つ。

「もう……っ、二度と……！　私の前に現れないで！」

サンドウィッチの入った紙袋だけはしっかりと胸に抱きながら、ドロシーはごしごしと唇を拭ってその場を走り去った。


学園内に友人皆無のドロシーにとって、情報収集なるものは至難の技だけれど、それでもひそひそと漏れ聞こえてくる話から、エリアス・クロフォードという人間の立場と人となりについて、いくつかわかったことがある。

この学園は、将来自分が就くことになるであろう職業に対する、専門的な知識や技術を学ぶ場所だ。親の跡を継ぐ貴族の子息であれば、経営学や法を学び、ドロシーであれば魔法の基礎知識から実技まで。……ちなみに、この学園に通う女生徒はほぼ貴族の子女のため、将来は夫を支えられるような教養と良妻賢母のあれこれを学んでいるらしい。余談だが。

そんな中、エリアスは騎士団に身を置きながら学園に通うという、学生と騎士の二足のわらじを履いているらしかった。もちろん、理由まではわからない。

そして、ここからがドロシーにとって最重要事項になるのだが、エリアスはドロシーの見解通り、大変な人たらしで軟派な人間だった。

なにせ、ドロシーの耳に入ってきたエリアスの異名は「魔女殺し」。最初はなにを物騒な、と身震いしたが、それは物理的な意味ではなく、魔力的なことを示していた。

〝魔女は、純潔を失うと魔力が消える〟。

ようするにエリアスは、多くの魔女や魔女見習いの純潔を奪ってきたということだ。

魔女にだって人権はある。恋愛をしてはいけないという決まりはないし、それこそ魔女になったから純潔を失ってはならないなどという法もない。魔女に対する強姦《ごうかん》罪に関してだけは、通常のそれよりも遙《はる》かに重い刑が課されているが、それくらいだ。

その辺りは、あくまで個人の意思に任されている。中には、清い関係のまま結婚だけはするという魔女もいるくらいだ。

だからこそ、魔女はとても貴重な存在だ。いくら同意の上とはいえ、次から次へと彼女たちの魔力を奪っておきながら、エリアスにお咎《とが》めがないかと言えば――。やはり、普通は許されない。普通は許されないのだが、エリアスは例外だった。

エリアスが例外になる、その驚きの理由。

（まさか王族だったなんて……！）

高貴な身分だろうとは思っていたが、いくらなんでもそこまでは、と、ドロシーは冷や汗を浮かべて身震いする。

エリアスは、現王太子の従弟――現国王の姉の子――ということだった。

（だからって、そんな危険人物を野放しにしておいていいわけ……!?）

多少話が盛られているとしても、エリアスはかなりの遊び人だ。なにせエリアスは、一度夜を共にした相手とは、二度と関係を持たないらしい。それならばなおのこと、そんな不誠実な行いは、いくら同意の上とはいえ許されるべきではない。

彼へ純潔を捧《ささ》げた少女たちが、誰一人として彼を訴えていないというのも恐怖でしかない。

（一晩の遊びであっさり捨てられて……!?　信じられない……！）

恐ろしすぎて寒気がする。それは一体どんな心境なのか。

「女の敵……！」

キスの一つや二つ、彼にとっては挨拶以下に違いない。「許せない……！」と怒りも露《あら》わに再度ごしごしと唇を拭っていると、その独り言はしっかりと聞こえてしまっていたらしい。

「エリアスにも本当に困ったものねぇ……」

やれやれ、という声に、ドロシーは振り返る。

「……学園長」

そこにいたのは、若々しい雰囲気を纏った薄紫色の長い髪に白いものが混じった初老の女性。この学園の魔女見習いたちの師でもあり、数年前までは〝一番目の魔女〟と呼ばれていた女性だ。その地位を今の〝一番目の魔女〟へ譲った後、こちらの学園長として抜擢《ばってき》されたという。

「まさか貴女まで毒牙にかかるなんて」

「かかってません……！」

困ったわね。とわざとらしく落とされる溜《た》め息に、ドロシーは秒で否定する。

そんな不吉な発言、冗談でもやめてほしい。

今しがたも女の敵だと、魔女見習い代表として怒りを心に刻み込んだところだというのに。

「それよりこのドレス、ありがとうございました」

ここに来た用件を思い出し、ドロシーは手にしていた紙袋を学園長――、マーガリーへ差し出した。そこには、先日の新入生歓迎会で彼女から借り受けた赤いドレスが入っている。

「いいえ～。どういたしまして」

ころころと明るく笑うマーガリーは、活気に溢《あふ》れた女性だ。

「学園長は、エリアス様とは」

「宮廷にいれば王族の方々とはね。生まれた時から知ってるわ」

俗に〝宮廷魔女〟と呼ばれる、国内トップクラスの十三人《トップ》の魔女。その名の通り、主に宮廷で暮らす彼女たちは、国王をはじめとする国の上層部と顔を合わせる機会は多く、自然と王族とも懇意になる。

そう肩を竦《すく》めるマーガリーの苦笑は意味ありげな色を湛えており、ドロシーもそれにつられるように大きく肩を落とす。

「昔からあんななんですか」

「〝あんな〟？」

きょとん、と向けられる瞳に一瞬呼吸《いき》を呑《の》む。

いくらなんでも王族相手に失礼だったかとも思ったが、言葉につまったドロシーからなにか察したのか、元〝一番目の魔女〟はしみじみとした吐息を吐き出した。

「そうねぇ、あの子もいろいろと複雑な立場にあるのよ」

「それを理由にして許されることではないと思うのですが」

頬に手をやり、複雑そうに溢《こぼ》される苦笑に、ドロシーは眉を顰《ひそ》めてしまう。

いてきた。

エリアスの複雑な環境は、囁かれる噂話《うわさ》に少し耳を傾けただけで、ドロシーの元まで届

大なり小なり、魔力は誰もが持って生まれるものだという定説がある中で、それを〝魔法〟として具現化できるかどうかというのが、魔法を使えるのか使えないのかという境目だ。はっきり言って、その才能を持つ者はごく一部。

そんな中で、エリアスは天賦の才を持って生まれてきたらしかった。——現王太子ではなく、エリアスを次の王にと推す貴族が出るほどに。

そこには貴族同士の権力争いも絡んでおり、一時はかなり不穏な空気が漂う事態にも陥っていたという。

だが、聡明《そうめい》なエリアスは早々に騎士となることを宣言し、王位継承権は実質放棄したも同然の状態にあるというのが、ドロシーがここ最近で手にした情報だ。

大変な立場にいる人だということは理解する。だからといって許せないものは許せない。

「そうね」

正義感か潔癖か、きゅっと唇を引き結んで黙り込むドロシーへ、多くの現実を目にしてきたのだろう元宮廷魔女は困ったように小さく微笑んだ。

「許してやってとは言わないわ。私は貴女に期待している人間の一人だし」

エリアスとドロシーとの間になにがあったのか、詳しいことはなにも知らないはずなのに、マーガリーは全てを見透かしているかのように意味ありげな目を向けてくる。

「それは、さすがに……」

「でも、ね。ドロシー」

向けられる大きな期待に思わず動揺するドロシーへ、マーガリーはにこりと悪戯っぽい笑みを浮かべてみせる。

「覚えておいて。いつか心から愛する人ができた時には、その人と添い遂げるという選択肢も、貴女の中にはあるのだから」

「え……」

優秀な魔女となることを期待しながら向けられる言葉には、どんな想いが込められているのだろう。そう思えば、どこか寂しげな双眸《そうぼう》に、ふと浮かぶ疑問があった。

「学園長も、悩んだ過去《こと》があるんですか」

魔女に恋愛は御法度。好きな人に純潔を捧げるということは、魔女としての魔力《ちから》を失うことを意味するから。

――魔女となるか、愛した人の妻となるか。

そんな苦しい選択に、迫られたことがあるのだろうか。

「魔女は〝女〟だもの。一度や二度、みんな泣いてるわ」

そう語る偉大な魔女を目の前にして、ドロシーは締めつけられるような胸の痛みを感じた。

「それでも……」

それでも、彼女たちは魔女となることを選んだ。

身を切るような思いをしてまで、魔女でい続けることを望んだ。

それは、なぜ？

「夢を諦め切れなかったからここにいるの」

この選択肢に後悔はないけれど、その瞳《め》はどうか間違わないでほしいとドロシーへ告げてくる。

「その人と共にいることよりも夢を取った。魔女は自分勝手で我が儘《まま》な、狡《ずる》くて酷い女よ」

愛した男を捨ててしまえるような。そんな強かな女でなければ魔女にはなれないと口にする。

「だから、ね」

ドロシーへ向けられる瞳はどこまでも優しくて。

「迷って迷って迷って。その時は恩義なんて考えなくていいから、自分の未来は自分で決めなさい」

ゆらり、と。眼鏡の奥に隠れたドロシーの大きな瞳は揺らめいた。

「魔女になることが、唯一無二の貴女の幸せだとは限らないのだから」

――別の幸せ《それ》を知って、恋をした少女たちはエリアス《愛する人》に花を捧げたのだろうか。

ドロシーには、まだ、わからないけれど。

本は嫌いではなかったけれど、恋愛小説なるものはあまり読んだことがない。なぜなら、自分には縁のないものだから。王子様とお姫様の、キラキラとした恋物語に夢を抱いたりしていない。

けれど、そんな恋物語に憧れていた幼馴染《おさななじ》みから、流行りの恋愛小説の内容を語り聞かされたことは山ほどある。大抵はヒロインの少女の身分が低く、想う人と結ばれるまでには数多くの試練が待っている。その中の一つには、高貴な身分の恋敵にいじめられるというエピソードがあって……。

そう。まさしく、今のドロシーのように。

「貴女なんかがエリアス様に釣り合うと思ってるの……⁉」

いいえ、全く。と、本気で思っているその言葉を口にしたら、目の前の彼女の溜飲《りゅういん》も少しは下がるだろうか。

（うん。逆効果ね）

三人の取り巻きを連れた少女から、「ちょっといいかしら？」と、声をかけられた瞬間から嫌な予感はしていた。記憶のどこかにひっかかるシチュエーション。幼馴染みから聞いていた恋物語は、創作ではなかったのか。

時間がないからとやんわりと断りを入れても無駄だった。あれよあれよという間に近くの空き教室に連れ込まれ……、今に至る。

「平民の貴女が物珍しくて声をかけてきただけなんだから、図に乗らないでちょうだい……！」

一体誰が。いつ調子に乗ったというのだろう。

なんの因果か、今日も朝から見事に鉢合わせて口説かれた。どうしてあぁもすらすらと甘い言葉を吐けるのだろう。恥ずかしげもなく口にされるそれらの言葉に、ドロシーは照れるよりも、むしろ感心してしまっていた。しかも、口調がなんとなく馴れ馴れしくなっている。本当に迷惑なこと極まりない。

「エリアス様はお優しい方だから、一人でいる貴女のことを可哀想に思っただけよ！」

まぁ、悲しいかな、この学園に友人がいないことは認めよう。だからといって、女たらしの王子様とお友達になりたいなどとは思わない。

「貴女なんてすぐに飽きられるに決まってるわ……！」

是非そうあってほしい。できることならば今すぐにでも。

「目障りよ！　さっさとエリアス様の前から消えてちょうだい！」

ヒステリックな声を上げる少女たちへ、ドロシーはさっさと話を終わらせようと淡々とした声色で口にする。

「私は本気で魔女を目指しています。むしろ迷惑なのはこちらのほ……」

その瞬間。

「この……っ、身の程知らずが……！」

少女のうちの一人の手が大きく振り上げられ――。

「やるなら俺のいないところでやってくれない？」

ふいに差し込まれた声に、ぎくりとその手は静止した。

「カイル……、様……」

いつからそこにいたのだろう。否、さすがに扉が開けば音がするから、最初からいたのだろう。にも関わらず、今の今までその存在に気づかなかったのは。

「さすがに目の前でそんなことをされると目覚めが悪いんだよね」

大きな欠伸をしながら伸びをして、カイルと呼ばれた青年はまだ眠そうにコキコキと首を鳴らす。

そう、彼――カイルは、床の上で寝ていたのだ。机の陰になっていたため、彼の存在に気づかなかった。

「……ぁ……、わたくしたちは……」

自分たちの行為が褒められたものではないことくらいわかっているのだろう。

少女たちは明らかに動揺し、顔を覚えられては困るとばかりにカイルから目を逸らす。

そうしてじりじりと後ろに下がり、気まずげに顔を見合わせるとパタパタとその場を去っていった。

「あ。逃げた」

完全に他人事のように目を丸くしているカイルを視界の端に捉えながら、ドロシーはホッと胸を撫で下ろす。彼が声をかけてくれなければ、今頃どうなっていただろう。

「助かりました。ありがとうございます」

蒼《あお》い髪に、それよりも濃い群青の瞳。彼が誰だかは知らないが、ドロシーはペコリと頭を下げて感謝の気持ちを口にする。

けれど。

「別に助けたつもりはないけど？」

いっそ清々しいほど割り切ったその態度は小気味よくて、ドロシーもあっさりと言葉を返す。

「そういえばそうですね」

とはいえ、人として最低限の礼儀は忘れてはならない。

「でもまぁ、結果的に助けられたので。一応お礼は必要かと」

「ヘンなヤツ」

調子狂うな。と、なにやらぶつぶつ洩《も》らしている呟《つぶや》きを無視して、ドロシーは改めてカイルへ向き直る。

「一応、お名前を伺っても？」

「普通は先に自分から名乗るのが礼儀じゃない？」

その言い様にかちんとする。

「私は……」

「知ってるよ。庶民出の特待生、ドロシー・シャルロッテ」

名乗りかけたところに言葉を重ねられ、くす、と可笑しそうに洩らされた笑みに、ドロシーはムッとなる。

「まぁ、君はある意味有名人だからね」

数少ない庶民の生徒。それがまた特待生の魔女見習いともなれば、格好の噂の餌食だった。

「俺もエリアスほどでないにしても有名だと自負してたんだけどなぁ……」

「生憎と、友人がいないものですみません」

わざとらしくがっかりしてみせるカイルへ、ドロシーは白々しい謝罪を口にする。

仮にも魔女を目指すのならば、ある程度貴族社会のことも知っておいた方がいいとは思うのだが、興味がないのだから仕方がない。

「カイル・ジェンキンス。この国の王太子とエリアスの幼馴染みで、宰相の息子」

わかった？　と、どことなく黒い笑みを向けられて固まった。

〝宰相の息子〟、で……、誰の〝幼馴染み〟と言っただろうか。

――全力でお知り合いになることを拒否したい。

「まぁ、なにかあれば頼ってくれてもいいよ？」

「え」

だが、くすり、と策士の笑みを向けられて、ドロシーの瞳は戸惑いに揺れた。

「未来の魔女殿には敬意を払っておいた方が得かなぁ、と」

万が一にもドロシーが宮廷付きの魔女にでもなれば、将来は宰相になるであろうカイルにとって、敵に回すべきではない人物だとでも思ったのか。

「まぁ、出世払い、ってヤツだね。だからせいぜいエリアスに捕まらないように頑張って」

欠伸を噛み殺しつつ、ひらひらと手を振って部屋を出ていくカイルの姿を、ドロシーはきゅっと唇を引き結びながら見送った。

第三話　忘れられない出逢い

ドロシーにも、淡い初恋くらいはあったのだと思う。

（……あ……、懐かしい……）

夢の中で、これが夢だと自覚することがある。

（これ、昔の夢だ……）

その光景を見つめながら、ドロシーは幼い頃のことを思い出す。


思えば出逢いは最悪だった。

『まずい……！』

一緒にいたのは父親か、親戚のおじさんか。ドロシーの両親が営む定食屋へやってきて、ぺ……ッ、と口から食べ物を吐き出した男の子に幼いドロシーは激昂《げきこう》した。

『しつれいね！　のこさずちゃんと食べなさいよ！』

『なんだよ、お前！』

男の子が齧《かじ》りついていたのは、ドロシーの大好きなサンドウィッチ。

今思えば、幼い子供にピクルスはなかなかにハードルが高かったのだろうけど。
『好き嫌いしてると大きくなれないわよ！』
『うるさいな！』
『そんなだからチビなのよ！』
『オレはチビじゃない！』

始まりはそんなだったのに、気づけば仲良くなっていた。
とはいえ、彼と遊んでいたのはほんの一ヶ月にも満たない短い期間だったけれど。

『ひみつきちに、連れていってあげる！』
そう言って、ドロシーは彼の手を引っ張って連れ出した。
子供にとっては、ほんのちょっと離れただけの小さな丘へ行くのも大冒険だ。
大人の目のない、子供だけの秘密の場所。
そこにある大きな木に登って、太い枝に二人で腰かけた。
『ドリィはほんと、おてんばだなぁ……』
ドリィ、というのはドロシーの愛称だ。
『どうせ私はかわいくないもん……っ』
このままじゃ嫁の貰《もら》い手がなくなるぞ、とは、両親からも親戚のおじさんからも笑われている。

『……かわいいよ』

『……へっ？』

あんなに意地悪で生意気で。ドロシーの髪の毛を引っ張って遊ぶような腹立たしい相手だったのに。

その時だけは、とても優しく笑っていた。

――まるで、別れの時をわかっていたかのように。

『ドリィは、かわいい』

『！』

逆光で、その顔はよくわからなかった。

ただ、十にも満たない幼い少年は、その時だけはまるで王子様みたいにキラキラしていたのを覚えている。

そうして、木から降りた時。

『ドロシー！　逃げろ……！』

飢えた目をした魔獣が飛びかかってきたところを、ドロシーは少年に横へ突き飛ばされた。

『ドロシー！　早く……っ！』

落ちていた木の枝を剣代わりに、ドロシーを背に庇《かば》って。

『いやぁぁ……！』

目の前で、小さくも頼りがいのある腕が嚙《か》みつかれ、鮮血が迸《ほとばし》った。

『だれか……！　だれか……っ』

『大丈夫だから……。泣くなって』

意地悪で勇敢な、小さな騎士《ナイト》。

青白くなった顔は、とても平気そうに見えないのに。

『……オレ……、騎士になる……』

『なに言って……？』

『大きくなったら騎士になって、ドリィを守れるくらい強くなって』

『やだ！　死んじゃやだ……！』

少しずつ小さくなる声と、閉じられていく瞳に恐怖した。

『守るから』

逃げろ……、と。

まだそこに魔獣がいるにも関わらず、ふるふると首を振ってその小さな身体に縋《すが》りついた。

『エリス……！』

ぐったりとした小さな身体。

『やだ……っ、エリス……！』

（……そうだ……。確か、〝エリス〟って……）

そう呼んでいたことを思い出しながら、ドロシーは夢の世界から覚醒した。

（元気にしてるといいけど）

くす、と仄《ほの》かな笑みを口元に浮かべ、ドロシーは成長したであろう男の子へと思いを馳《は》せる。

（騎士に、なれたかしら……？）

確か、ドロシーより一つか二つ大きかったはずだから、もしそのまま騎士を志していたならば、今頃騎士団に入っているかもしれない。

あの頃はドロシーよりもチビだったけれど、今頃は身長も伸びているに違いない。

綺麗《きれい》な顔をしていた気がする、幼いその顔ももう朧気《おぼろげ》だけれども。

――エリス・キャンベル。

そんな名前だった気がする。

（……きっと、素敵な青年になってるんだろうな）

いつか、再会することがあったなら……。

そんなことを思いながら、朝の日差しに向かい、ドロシーは大きな伸びをした。

彼は「運命」だと言うけれど、ドロシーにとっては大迷惑なことこの上ない。

もしかしてどこかから監視でもされているのではないかと疑いたくなるくらい、学園内でドロシーはエリアスに遭遇する。

その度にところ構わず口説かれて、それを見た女生徒たちから嫉妬の目を向けられるのだからいい迷惑だ。

水や生卵は落ちてくるし、今朝はドロシーの指定席に画鋲《がびょう》が仕込まれていた。

幼稚な嫌がらせだとは思うものの、それらに付き合わされるのはうんざりだ。

「美味しいパンケーキのお店を見つけたんだけど」

頭の中に、たっぷりのクリームと苺《いちご》の乗った美味しそうな姿が浮かぶ。「食べて」とハート付きで誘ってくるパンケーキにふるふると首を振り、ドロシーはその誘いを無視してつかつかと歩いていく。

「レモネードも絶品で」

甘酸っぱいレモネードもドロシーの大好物だ。

そういえば小腹が空いたかも……、と思いながらお腹の虫には気がつかなかったふりをする。

「なぁ、ドドドリィ」

ぴくり、と、反射的に肩が揺れる。

ドリィ、は、ドロシーの一般的な愛称だけれど、今朝見た懐かしい思い出に土足で踏み込まれたようでイラッとした。

「馴《な》れ馴《な》れしい呼び方しないでください……！」

「あ。やっと口利いてくれた」

思わず足を止めて相手をしてしまい、ドロシーはしまったと唇を噛み締める。

これでは相手の思う壺《つぼ》だ。

「珍しくこの後の時間が空いてるんだ。付き合ってよ」

「嫌です」

「お茶だけだから」

「私は忙しいので」

「なんの用があるわけ」

「放課後はいつも自習をしているので」

一刻も早く〝見習い〟が外れるように。

毎日放課後は、見つけた穴場で魔法の練習をしていた。

おかげでまだ習い始めたばかりだというのに、中級レベルと言われている浄化魔法を使えるようになったのだ。

全ては、努力の賜物。

そんな自分だけの場所にエリアスを連れていくのは憚《はばか》られて、ドロシーは完全に足を止めるとどうしようかと逡巡する。

「そんな毎日毎日頑張らなくても」

仕方なく、くるり、と回ると元来た道を戻ることにする。

こんなところでエリアスと二人きりでいるところを誰かに見られたら面倒なことになる。

「ドリィ」

急な方向転換にも構わず、エリアスはドロシーを追いかけてくる。

「ドロシー」

戻された呼び名は諦めの表れか。

（そうだ……！）

その瞬間、ドロシーはこの状況を打破するいいアイディアを思いつき、心の中で小さなガッツポーズを作っていた。

「エリアス様」

意図的に真剣な表情《かお》を作って足を止める。

「なに？」

ドロシーの纏う空気の変化に気づいてか、エリアスの顔からも軟派な気配が消えた。

「そもそも、根本が間違っています」

じろり、と説教じみた目を向ければ、エリアスのこめかみはぴくりと反応し、眉が顰《ひそ》められる。

「根本？」

ドロシーは大袈裟《おおげさ》なくらい深く頷《うなず》くと、真っ直ぐエリアスの綺麗な顔を見上げる。

「私、好きな人がいるんです」

「────え」

直後、エリアスはなんとも表現し難い表情で固まった。

その反応に、ドロシーは自分が見つけた打開策は正解だったと、内心大喜びしてしまう。

だが、もちろんそんなことはおくびにも出さずに、追い打ちをかけるように口を開く。

「なので、貴方とはお付き合いできません！」

きっぱりと言い切ってその顔を見上げれば、丸くなった瞳が驚いたように二度三度と瞬いた。

「魔女見習いなのに？」

どの口がそれを言うのだろう。

「べ、別にいいでしょう……!?　ただ、好きなだけで……っ。その人とどうこうなりたいとか思っていませんし！」

「怪しいなぁ……？」

ついしどろもどろになってしまうドロシーに、じとりとしたエリアスの疑いの目が向けられる。

「どこの誰？　名前は？」

「な、名前……？」

冷静に考えれば、そんなことまでエリアスに話す義理はないのだが、動揺していたドロシーは、反射的に裏返った声で反応してしまう。

「ほら、言えない。嘘《うそ》なんだろ？」

ここで嘘だと認めるわけにはいかない。

ここでの大芝居が、ドロシーのこれからを大きく左右する。

ドロシーはこくりと息を呑《の》み、心の中で淡い初恋の男の子へ謝罪する。

(利用しちゃってごめん……！)

今朝その名前を思い出したのはこのためか。

「エ、エリス、って名前の人です！」

意を決して口にすれば、エリアスの瞳は驚いたように見開いて固まった。

「……へ……？」

その反応に、してやったりとばかりに心の中で小躍りしながら、ドロシーは自分でも驚くほどすらすらと言葉を重ねていく。

「エリス・キャンベルさん！　小さな頃に会って……。今でもその男の子のことを忘れられずにいるんです！」

真実と嘘が半分ずつ。それでも全てが作り話ではないから、特に後ろ暗い気持ちを抱くこともなくさらりと口にできた。

淡い初恋の男の子。

彼との思い出があったから、ドロシーはこうして魔女を目指している。

それだけは嘘じゃない。

今のドロシーの原点となった存在の一人だと言っても過言ではない。

「〝エリス・キャンベル〟……？」

「そうです！　だから、もう私に構わないでください……っ」

それは思ったよりも遥《はる》かに効果があったのか、明らかに動揺の色が走る紫の瞳に、ドロシーはもう一押しとばかりにきっぱりと強い口調で言い放つ。

「……今でも？」

「そうです！」

「好きなんだ？」

何度もしつこく確認を取られてイラッとする。

校舎裏の木の陰に追い込むようにエリアスが迫ってきていて、心なしじりじりと後退してしまう。

もういい加減に解放して欲しい。

「だからそう言ってます！　しつこ……っ」

その先は、言葉にならなかった。

「ん、ぅ……!?」

ふいに目の前に影が差し、唇を覆われる。

「ん……っ、んん……っ⁉」

キスをされているのだと理解して大きく見開いた瞳は、すぐに口腔内《こうこう》へと潜り込んできたなまあたたかい感触に、ぎゅ……っ、と固く閉ざされる。

頭で考えるよりも早く、ドン……！　と、その胸を思い切り押し返す。

「なにす……っ」

「じゃあ、その男の子に再会したらどうするの？」

訴えは、思いの外真剣に見つめられた詰問に、こくりと喉の奥へと呑み込まれた。

「どうする、って……」

「ドリィ」

なぜか、その呼びかけにぎくりとした。

ドキドキと、聞いてはならないことを聞かされる予感がして、一気に汗が吹き出した。

——危険だ。

今すぐこの場から逃げ出さなければと本能のようなものが告げてくるのに、ドロシーの足はその場に縫い止められたかのように動かない。

——聞いたら、だめ。

ダメ、なのに。

「『騎士になって守るから』」

「……え……」

それは、ドロシーとあの時の少年しか知らない約束。

「そう、約束した」

約束、した。

小さな騎士《ナイト》は、いつか本物の騎士になってドロシーを守るからと。

あの日の目と、エリアスの目が重なった。

「ずっとオレのことを好きでいてくれてたの？」

「……う、そ…………？」

くすり、とどこか嬉《うれ》しそうに笑われて混乱する。

目の色は同じだけれど、思い出の男の子と目の前の青年の容貌とが一致しない。

あの頃のままのはずはないけれど。それでも。

「違……っ」

思考がぐるぐると回る。

「だって、髪の色……っ」

（……この人が、あの時の男の子……？）

小さな身体で、幼いドロシーを守るようにして魔獣を睨みつけていた男の子が。

ドロシーを背に庇った男の子の髪の色は黒かった。

だから、違う、と思うのに。

嘘だ、と言いたいのに。

ドロシーの中のなにかが、あの時の男の子と今のエリアスを重ねる。

「魔法で変えて貰ってた」

正体を隠すために髪の色を変えていたのだと苦笑して、その手がドロシーの頬へ伸びてくる。

「オレは、ずっと忘れられなかった」

さらり、と頬を撫《な》でた指先が、そっとビン底眼鏡を外す。

「あの頃からずっと好きだった、って言ったら信じてくれる？」

間近に迫った綺麗な顔が、真正面からドロシーの瞳を覗《のぞ》き込んできて動揺する。

「……違……っ、そんなこ、と……っ」

頭の中は完全にパニックだ。

あの時の男の子が成長し、本当に騎士になってドロシーの前にいる。

しかも。

（ずっと好きだった……？）

あれはもう十年も前のことなのに。

「ん⁉　ん、ぅ……っ」

混乱した頭では浮かんだ疑問は言葉にならず、再度唇を塞がれた。

唇を割って入ってきたなまあたたかい感触に歯列の裏をぐるりとなぞられ、ぞくりとした感覚に襲われて怖くなる。

「ふ……っ、ん……」

「……ドロシーもオレのことを好きでいてくれたなんて嬉しいな」

蕩《とろ》けるような甘い瞳に見下ろされ、ハッと現実に引き戻される。

「ち、違……っ、ん、ぅ……っ」

このまま誤解させておくわけにはいかないと声を上げるも、エリアスの耳にまでは届かない。

角度を変えて口づけられ、言葉は喉の奥へと溶けていく。

「ぁ……っ、嘘……!? だ、め……っ、ぁ、ん……っ」

そうしてその唇が耳の後ろ辺りへ押し当てられ、片腕がドロシーの身体を抱き寄せながら、もう片方の手が胸元へ伸びてきて、ドロシーは驚愕《きょうがく》に目を見張る。

大きくもなければ小さくもない、ごくごく平均的な胸を洋服の上から掬《すく》われ、びくりと身体が強張った。

「可愛い」

シュル……ッ、と。エリアスの器用な指先が緩い三つ編みをほどいて長い髪が舞う。

「こっちを向いて欲しくて、よくこの髪を引っ張った」

懐かしそうに笑いながら、エリアスの手が愛おしそうに亜麻色の髪を撫でてくる。

「待……っ」

「ドロシーの可愛い顔、もっと見たい」

腕を突っぱねて押し返そうとするものの、驚くほど筋肉質な胸元はぴくりともしなかった。

「触らせて」

「……ゃ……っ」

なんとなく怖いことを言われているようで、ドロシーの瞳には怯《おび》えの色が浮かぶ。

エリアスは柔らかく微笑んで、ドロシーの耳元へひっそりと唇を寄せてくる。

「大丈夫だよ。気持ちいいことしかしないから」

またあのぞくりとした感覚に襲われて、ドロシーの首筋がぴくりっ、と反応した。

「感じてて」

囁《ささや》きに、ドロシーは愕然《がくぜん》とする。

「や……っ、なにし……っ？」

器用な指先がブラウスのボタンをあっという間に外していき、ドロシーは驚いて目を見張る。

「可愛い」

「ん……っ」

くすり、と笑いながら首筋へ顔を埋められてぞくぞくする。

胸元の双丘が空気に晒《さら》され、ふるりと身体が震えた。

「やめ……っ、ぁ……!?」

抵抗しようにも木の幹を背にしっかりと押さえ込まれ、ドロシーの力では振りほどけない。するり、と、腰から脇腹へ指が滑って、びくりと肩が揺れた。

「あ……っ、ゃ……！」

そっと形を確かめるように胸元を掬った掌が、少しずつ大胆な動きになってやわやわとその柔らかさを堪能するように揉《も》み拉《しだ》いてくる。

「ん……っ、だ、め……っ」

じんわりとした熱が下腹部へ溜《た》まっていって力が抜ける。

気持ちいい、と本能が告げてくる。

初めての経験なのに、身体はまるでその心地好さを知っているかのように、いつしかエリアスにされるがままになっていた。

「やめ、て……」

「そんな可愛くおねだりしてもダメだよ」

「ん……っ」

涙の滲《にじ》む瞳で懇願するも、エリアスは甘い微笑みを浮かべてちゅ……っ、と軽いキスを落としてくる。

「あ……！　ゃ……っ、ぁ、あ……っ」

つん、と上向いて実り始めた胸元の果実を摘まれて高い声が上がる。それに気を良くしたのか、エリアスは柔らかな愛撫《あいぶ》をしながら捏《こ》ねたり摘まんだりを繰り返す。

「も……っ、やめ……っ」

「すごい敏感」

「……あ……っ」

ドロシーの抵抗が弱くなったのを見て取って、エリアスは両手首の戒めを解くと、その身体を押し付ける力は緩めることなく、今度は露わにされた白い胸元へ唇を這《は》わせてくる。

「ぃた……っ」

一瞬、鎖骨の下辺りに走った痛みの正体は。

「な、に……？」

「ん？　キスマーク」

未知の感覚に怯えた様子を見せるドロシーに、エリアスは悪びれもせず笑う。

「キ、キスマー……？」

「オレのものって印」

「あ……！」

なまあたたかい感触が硬くなった果実を包み込んできてびくりと肩が震えた。

「感じやすいね」

「ぁ……っ、や、だ……っ、やめ……っ、ぁ、あ……っ」

ぴちゃり……っ、と卑猥《ひわい》な音が聞こえた気がして羞恥に身が震える。

「あ……っ、だ、め……っ」

ダメだと思うのに、身体からは力が抜けて抵抗もままならない。

「これが相手がオレだから、ってことなら嬉しいんだけど」

「も……っ、やめ……っ」

これ以上のことをされたら訳がわからなくなりそうで、ドロシーは左右に首を振る。

「大丈夫。気持ちいいことしかしないから」

ぐっ、と脚の間を膝で割られ、ロングスカートを捲《めく》った手が中へ潜り込んできた。

「怖がらないで」

優しく囁かれても、左右に首を振る動きに合わせて涙が舞った。

「……ドロシー」

「あ……っ」

甘い吐息にびくりと腰が揺れる。

「好きだ」

「――っ！」

蕩けるような瞳に見つめられ、抵抗する力が弱くなる。

「待……っ、て……。だ、だめ……っ」

「待たない」

「あ……！」

下着の上からありえない場所に触れられ、燃えるように顔が熱くなる。

「あ……っ？　な、なに……っ？　ぁ……っ、あ……っ、あ……！」

指先で脚の間を擦られて腰ががくがくと揺れ始める。

「ココ、気持ちいい？」

このまま流されたらダメだ、と思うのに。

初恋の男の子とエリアスが同一人物だったからといって、絆されていいわけがない。

こういう行為《コト》は、本当に好きな人とするものだ。

――『ずっと好きだった』

たとえ、エリアスが本当にドロシーのことを想ってくれていたのだとしても。

ドロシーは……、そうじゃない。

「お、ねが……っ、やめ……っ」

このままおかしくなってしまいそうで怖くて堪らない。

頭の奥が、これ以上はダメだと警告音を鳴らしてくる。

けれど、エリアスの動きは止まることはなくて。

「あ……。濡《ぬ》れてきた……」

嬉しそうな感嘆の吐息が聞こえ、ドロシーは大きく目を見張る。

「気持ちいい？　感じてるんだ？　ココ、しっとりしてる」

「言わな……っ、ぁ、ぁあ……っ」

ふいにきゅ……っ、と敏感な部分を摘まれて、瞳の奥に星が舞った。

「あ……っ、ぁ、あ……っ、や……っ、だ、め……」

一人では立っていられなくなって、エリアスへと縋りつく。

「感じてるドロシーの顔、可愛い」

「や、ぁ……！」

蜜口がひくひくし、身体の奥からとろりとした愛液が滴り落ちてくるのを感じて愕然とする。

「すごい……。溢《あふ》れてきた……」

「や……、だ……ぁ……っ」

嬉しそうな声色に泣きたくなる。

頭では止めて欲しいと思っているのに、身体はしっかりと快楽を感じて物欲しそうに蜜を溢している。

「これなら大丈夫だね」

「な、なに……っ？」

柔らかく微笑まれ、ドロシーの瞳は不安げに揺れた。

「あ……!?　う、嘘……!?　だ、だめ……っ！」

そうして下着の中へ潜り込んできた指先に、ドロシーは驚愕の声を上げる。

「そんなと……っ、ぁあ、ん……っ」

ぬるり、と直接触れられて腰が跳ねた。

脚を閉じようにもしっかりと膝で押さえ込まれていてそれもかなわず、再び涙が滲んでいく。

「や、だ……ぁ……っ」

ぴちゃ……っ、くちゅ……っ、と耳に届く音が、自分の脚の間から響いているものだと思うと泣きたくなる。

もう、本当に止めて欲しいのに。

「トロトロだね」

「ふぁ……!?」

言葉と共に、ぬるり……っ、となにかが脚の間へ潜り込んできた感覚に目を見開く。

「や……！　な、なに……？」

「違和感はあるかもしれないけど、痛くはないはずだから」

わけがわからず混乱しかけるドロシーに、エリアスは甘く囁いてくる。

「んぁ……っ」

ぐ……っ、と更に奥まで潜り込まれ、脚の間に違和感を感じて愕然とした。

「や……っ、嘘……!?　抜い、て……ぇ……！」

「これくらいで処女じゃなくならないから大丈夫だよ」

一応は魔女になりたいというドロシーの願いを聞いてくれているのか、エリアスは安心させるかのように囁いてくる。

けれど、当然問題はそういうことではない。

「や、だ……ぁ……っ、も、ぅ……っ、ねが……っ」

「すぐに気持ち良くしてあげるから」

ね？　と宥《なだ》めるようにキスをされ、勝手に身体から力が抜けていく。

「ん……っ、ん、ふ、ぅ……っ」

舌と舌とを絡まされ、吐息がさらに熱くなる。

その間にも、ドロシーの蜜道《ナカ》を探るエリアスの動きは止まることはなく、ゆっくりと蜜壁を刺激される。

「ん、ん……っ」

どちらのものともつかない唾液が溢れ、ドロシーの口の端から透明な液体が零れ落ちていった。

思考は溶け、頭の中がぼーっとする。

だが。

「あ……!?」

慎重にドロシーの蜜道《ナカ》を探っていたエリアスの指先が、お臍《へそ》の内側の辺りをまさぐってきた瞬間、瞳の奥で光が弾けた。

見つけた、と。どこか嬉しそうなエリアスの声が聞こえた気がしたが、理解するまでには及ばない。

「あ……っ。な、なに……⁉　や、や、ぁ……！」

ゾクゾクとした快楽が湧き上がり、ドロシーはその恐ろしさに身を震わせる。

「……ココ。ドロシーのいいところ？」

「あ……！」

わけがわからず必死に首を横に振る。

このままでは、本当におかしくなってしまう。

「いいよ。そのまま。気持ちよくなって」

「あ……っ、ゃ、や……っ、ぁ、あ……っ」

まるで禁断の果実を教え込むかのようにエリアスは甘く笑い、親指でドロシーの外側の弱いところを擦りながら、見つけた快楽の壺を緩やかな動作で突いてくる。

「あっ、あ……っ、ぁ……、あ……っ」

自分のものとは思えない、驚くほど甘ったるい嬌声《こえ》が喉の奥から響いてくるのが恥ずかしくて堪らない。

「だ、め……ぇ……！　なんか、きちゃ……っ、きちゃ、ぅ……！」

なにか恐ろしいものに呑み込まれそうな感覚に、必死で抗おうと首を振れば、エリアスの口元からは、くすり、という愉しげな笑みが零れ落ちる。

「自分で触ってみたりしたことないの？」

「そ、なこと……っ」

ふるふると首を横に振れば、エリアスはますます嬉しそうに笑う。

「そっか」

ちゅ……っ、と額から目尻、頬から口の端へと掠《かす》めるようなキスをして、エリアスは甘く囁いてくる。

「ドロシーの初めて、オレにちょうだい。初めてイクところ、見せて？」

「い、イク……？」

「そう。ものすごく気持ちいいコト」

なんだろうと不安気な瞳を上げれば、エリアスは子供を宥めるような声色で優しく頷いた。

「ほら、イッてみせて？」

「あ……っ、ゃ、や、ぁあ、ん……！　怖、ぁ……っ」

ぐ……っ、と弱いところを刺激されてガクガクと腰が揺れる。

「大丈夫だから」

ぐちゅぐちゅと鳴る水音が卑猥すぎて、耳を塞ぎたくなってくる。

それなのに、無意識に腰は揺れ、もっともっととねだるように蜜道はエリアスの指を食い締めて蠢《うごめ》いていた。

「あ……っ、や、や……っ、ゃ、あ……っ、ぁ、ん……！」

なにかがすぐそこまで迫っていて、怖いのにその先を求めたくなってしまう。

「……ドロシー」

「ぁあ……っ」

耳の奥へと甘い吐息を注ぎ込まれて頭の奥でなにかが弾けた。

「──好きだ」

その瞬間。

「……ぁ…………──っ」

一気に襲ってきた快楽の濁流に呑み込まれ、ドロシーは甲高い悲鳴を上げて果てを迎えた。


王姉の第一子として生まれたエリアスは、両親の優しい愛に包まれて育った。ただ、自分が父親だと信じて疑わなかった存在が、本当は血の繋《つな》がりのない形だけの父親だと知ったのが七歳の時。

それは偶然耳に入ってしまった真実で、幼いながらもその事実を両親に問いつめるようなことはできなかった。

だが、まだ幼い子供の心にその真実は衝撃で、時折ぼんやりと考え事をする時間が増えた。そんなとき、ふとしたことから城の外へ繋がる隠し通路の存在を知った。それは主に

王の側近が使うためのもののようだったが、それを機会にエリアスは自分も城の外に出てみたいと主張した。

広くて狭い王宮の世界から飛び出して、誰も自分のことを知らない場所に行ってみたかった。

今まで我が儘《まま》など言ったことのないエリアスが必死に訴える様になにかを感じ取ったのだろうか。両親は心配そうにしながらも、一ヶ月という期限つきでエリアスへ〝自由〟を与えてくれた。そうしてエリアスは魔法で姿を変えて貰い、身分を隠して城下町へ遊びに行くことができたのだった。


――『しつれいね……！　のこさずちゃんと食べなさいよ……！』

親戚のおじさんということになっている護衛と共に入った城下町の食堂で、エリアスは可愛らしいお説教をする少女に会った。

それは、真っ直ぐな愛情を注ぎつつ、躾《しつけ》には厳しい母のことをエリアスに思い起こさせた。

思わず突っかかってしまったのは、ものすごく子供っぽい甘えだったのだろうと今は思う。

三つ編みを引っ張るとぷんぷんと怒って振り向いて。それが可愛くて嬉しくて。自分自身でも知らなかった、子供らしい自分がいた。

気づけば毎日のように足を運んでいて。

――『ひみつきちに、連れていってあげる……！』

一ヶ月という自由時間の期限が迫った時。少女の無邪気な誘いに、護衛の監視を掻《か》い潜り、誰の目も届かない、二人だけの世界へ飛び出した。

そんな軽率な真似をしなければ、あんなことが起こることもなかったのに……。

それでも、監視の目のない二人だけの時間は、エリアスにとっては本当の意味での自由な時間だったのだ。

――『やだ……！　死んじゃやだ……！』

ぽろぽろと零れる涙に、一緒にその大きな瞳まで落ちてしまうのではないかと心配になった。

その時、ふと、この子を守りたい、という思いが湧いた。

――ずっと、その無邪気な笑顔を自分に向けていてほしい――。

「……忘れたことなんてなかった」

体力的なことよりも精神的な負担をかけてしまったのだろう。

膝枕のような状態で眠っているドロシーの髪をさらりと撫で、木陰に腰かけたエリアスは懐かしそうな眼差しを向けていた。

「……あの時からずっと」

思い出すのは、前歯の横が一本抜けた、天真爛漫《てんしんらんまん》な満面の笑顔。

幼かった女の子は、可愛らしい女性に成長してエリアスの前に現れた。

「オレは……」

ぐっと拳を握り締めた顔は、苦悩に歪《ゆが》んだ。

思い出の中で輝いていた少女。

まさか、再び出逢《であ》うなどということがあるとは思ってもいなかった。

再会してどうするのか、など、エリアスの方こそわからない。

しかも彼女は、将来魔女になることを望んでいる。

「……会いたくなんてなかったのに」

ぽつり、と零れた言の葉は、風に溶けて消えていった。


(信じられない信じられない信じられない……！)

昨日も寝るまで散々ベッドの上でのたうち回っていたドロシーは、勉強道具を胸に抱え、ずんずんと一心不乱に食堂に向かって足を動かしながら、怒りと羞恥で頭がいっぱいになっていた。今日の日替わり定食はなんだろう、などといつものような明るい気分ではいられない。

（私も私よ……！）

昨日のことを思い出すと、顔から火を吹いてしまいそうになる。

なぜ、ろくな抵抗もせず、あんなことを許してしまったのか。

エリアスがあの時の男の子だとわかって、少しばかり絆されてしまったことは確かな事実。

それでも、恋人同士でもないのにそんな行為を許していいわけがない。ドロシーにしてみれば、キス一つだって大問題だ。

恥ずかしいやら腹立たしいやら、昨日からドロシーの感情は大忙しだった。

（……あ、あんな……！）

ちら、と己の身体を意識してしまって沸騰する。

昨日、湯浴みのために服を脱いだ際、見下ろした自分の肌に残されている痕を見て悲鳴を上げかけた。上半身のあちこちに散りばめられた鬱血は、そこにエリアスの唇が触れていたことの証。

その数の多さといったら、そのまま心臓《いき》が止まってしまうのではないかと思ったほどだ。

あの、形のいい唇がドロシーの肌に吸い付いて、大きな掌が余すことなく身体を愛撫してきて……。

数多の女性たちと遊んできただけあって、女の身体を知り尽くしているのだろう。その手練手管を前にすれば、初心《うぶ》なドロシーなどすぐに……。

（気持ちよ……、じゃない……っっっっ！）

瞬間、ぞくり、と肌が粟立《あわだ》ったのを感じ、ドロシーはその思考を振り切るように、ぷるぷると必死に首を横に振る。

（そうよ……！）

まるで一人芝居でもしているかのように突っ込んで、今度はハッと顔を上げる。

相手は一夜を共にした女性とは二度と関わらないというほどの遊び人。

（『ずっと好きだった』？）

次から次へととっかえひっかえ女性と遊び歩いているくせに、そんな言葉を信じられるはずがない。

エリアスの正体に驚いてついつい忘れてしまっていたが、そんな不誠実な人間、そもそも初めから願い下げだ。

出逢ったあの頃からずっとドロシーのことを想っていて、今まで誰にも振り向くことなく、恋人も作らずにいたというのなら……。

（それなら、私だって……）

〝私だって〟……どうなのだろう？

（って、ちっ、がーう！）

はたと気づいてまたぷるぷると首を振る。

(私は……っ、魔女に……！)

ドロシーは、魔女になるのだ。

魔女に色恋は許されない。否、恋をすること自体は問題ないが、その先に待ち受けるものを考えた時には、最初から恋など知らない方がいい。

恋をしながら魔女を目指すことができるほど、ドロシーは器用じゃない。

きっと、誰かに恋してしまったら、とても苦しむに違いない。

だから。

ドロシーは、一生恋なんてしない。

幼い子供の、淡く可愛らしい初恋だけで充分だ。

とはいえまさか、あの時の男の子がこんなふうに成長しているとは思わなかったけれど。

(あんなっ、軽薄な人……！)

有言実行で騎士になっていたことだけは素直にすごいと思うけれど、それ以外は全てダメだ。

(私の淡い初恋を返して……！　……って、ん？)

心の中で憤慨し、ふと思い立つ。

たとえ思い出の男の子のことをずっと想っていたとしても、再会したら幻滅しました、なんて、別におかしなことではない。

理想と違ったので百年の恋も冷めました、と言ったところで許されるだろう。

これは充分、エリアスを拒否する理由になる。

今まで散々遊んできたのだから自業自得だ。同情の余地もない。

（そうよね！　そうだわ……！）

そう思うと気分が明るくなってきて、ドロシーは軽い足取りで食堂へ向かうのだった。


学園長室には、いつ来てもいいと言われている。

読み終わった蔵書を胸に、扉を叩《たた》こうと拳を作ったところで、ドロシーは先客の気配を感じてそのまま手を下ろした。

（どうしよう）

出直すか、今日はもう諦めるか、それとも先客に構わず強行するか。

来客は男性らしく、くぐもった低い声が響いてくるが、なにを言っているのかまではわからない。

他人の会話を盗み聞く趣味などないドロシーは、また日を改めようと踵《きびす》を返しかけ――。

「……エリアス」

そこだけははっきりと聞こえてしまった呼び声に、思わず振り返っていた。

マーガリーのものと思われる声は、静かながらも厳しい色が滲んでいて。

「オレがなんて呼ばれているか知っているでしょう」

場所が変わったのか角度が変わったのか、自嘲的な声が聞こえてきて、ドロシーはその場に足が縫い止められたかのように動けなくなってしまう。

「──〝魔女殺し〟」

ある意味不吉すぎるその異名に、ドロシーはこくりと息を呑む。

なんだか、とてつもなく嫌な予感がした。

きっと、これはドロシーが聞いてはならない会話なのだと、本能が告げてくる。

それなのに。

「大魔女は現れるわ。必ずね」

マーガリーの声は、なにか説得を試みているような真摯なものだった。

「──────……」

「……──────……」

再びくぐもってしまった声は、なにを言っているのかわからない。

「……そんなに心配しなくても大丈夫ですよ」

それからまた聞こえた嘲笑の響きに、ドロシーの心臓はドクリ……ッ、と嫌な感じに脈打った。

「……その時は……」

──聞いたらダメだ、と思うのに。

「――必ず、殺してみせます」

　全身が、凍りついた。


　思い切り地面に手をついて転び、はたと我に返った。気づけば学園長室どころか校舎を飛び出して、中庭沿いの渡り廊下まで走っていた。

「あら失礼？」

　くすくすくす、と笑いながら、二人組の少女たちが去っていく。

　通り過ぎ様に足をかけられた。いや、今はそんなことなどどうでもいい。遠ざかっていく彼女たちの背中を見送りながら、ドロシーはそれでもまだ茫然《ぼうぜん》自失状態だった。

（…………〝殺す〟、って）

　……誰を？

　――……大魔女、を？

　大魔女を見つけ出して殺す。断片的に洩《も》れ聞こえてきた二人の会話からは、そんな意図が窺《うかが》えた。

（いやいや、そんな早計な）

　ドロシーは想像を振り払うように首を横に振る。

　話をきちんと全て聞いていたわけじゃない。

耳にした一部分だけを繋げて勝手な憶測を組み立てるのはダメだと思う。往々にして、誤解というものはそういった早合点から生まれるのだ。

——だって。もしそうだとしたら、学園長《マーガリー》も大魔女の命を狙う片棒を担いでいるということになってしまう。

殺す、なんて単語、とても穏やかなものじゃない。

（——……あ。そっか）

そこでドロシーはふと思い出す。

殺す、などと物騒な言い方をしてはいたけれど、考えてみればエリアスのあだ名は「魔女殺し」。

殺す、とはいっても、物理的な意味ではないのかもしれない。

（だから、女遊びを？）

大魔女となるかもしれない少女たちの可能性《ちから》を、今から摘んでおくために。

——「聖なる乙女は大魔女として目を覚ます」——……。

それが、昔から伝えられている大魔女の誕生話。

そのために、魔女はもちろん、見習い魔女たちの純潔を奪っているのだろうか。それ以外の少女たちは、目的のためのカモフラージュで。

（いくらなんでもそれは）

考えすぎだと首を振る。最悪の方向に考えるべきではない。

（でも、普通、そういう言い方する？）

エリアスのことを「魔女殺し」と呼んでいるのは周りの人間たちだ。エリアス自身が名乗ったわけではない。もちろん、本人もその呼び名を知っていて、嘲るようにそれを口にしていたけれど。

魔女見習いの少女たちの純潔《ミライ》を奪うことを、「殺す」なんて言い方。

いくら軟派な人間だからといって、エリアスは紛れもなく王族だ。粗雑に振る舞ってはいても、滲み出る気品は隠しようがなく、話し方もとても柔らかい。

そんな人が、わざわざその単語を選ぶなんてこと。

（どう……、しよう……）

聞いてしまったことを正直に告白すれば、きちんと説明してくれるだろうか。

けれど、もし、ドロシーの悪い憶測通りだったら？

（口封じ……、とか……？）

最悪のことが起こってしまったら――……。

（そんなことが、あるわけ……）

そうは思いつつ問いつめる勇気もなく、ドロシーは愕然と虚空を見つめた。

第四話　曇り空

学園長自らが魔術の実践授業を行うのは週二回。

明くる日、今日がその日でなくてよかったと安堵《あんど》していたドロシーは、けれど放課後、学園長室にいた。

なぜならば。

「あらあらあらあら。これはまた随分なことだこと」

見事に破り散らかされた書物の成れの果てを見下ろして、マーガリーは茶目っ気のある瞳を大きくしながら明るい声を上げていた。

常に自分の持ち物全てを持ち歩くようにしているはずが、注意力散漫になっていて、一冊教室に置き忘れてしまったのだ。

結果、教室に戻ったドロシーは、びりびりに破かれた書物が散乱している姿に対面したのだが、それはよりにもよってマーガリーからの借り物だったのだ。先延ばしにすることは容易いが、謝罪は早いに越したことはない。

そうしてドロシーは、気が重いながらもマーガリーの元を訪れていたのだった。

「すみません……」

「いいわよぉ。別に貴女が破いたわけじゃないでしょう?」

頭《こうべ》を垂れるドロシーへ、全てお見通しだという悪戯っぽい瞳が向けられる。

そんなマーガリーを前にして思う。やはりこの可愛らしい女性《ひと》がエリアスと共に魔女を殺す計画を企《くわだ》てているなど、どう考えてもありえない。

「そう、ですけど……」

「貴族のお嬢様方も困ったものね」

おずおずと肯定すれば、マーガリーはやれやれ、と肩を落とす。

マーガリーには、ドロシーの身になにが起こってどうしてこうなっているかなど、全て見抜かれてしまっているのだろう。

その証拠に。

「エリアスは知っているの?」

諸悪の根源の名前をさらりと出され、ドロシーの眉間には皺《しわ》が寄る。

「どうしてあの人が」

「あら、まぁ」

丸くなった瞳が「なにかあった?」と語っていて、その返答すら墓穴を掘ったと理解する。

現在ドロシーが受けている嫌がらせの数々は全てエリアスのせいだけれど、エリアス自身が関わっているわけではない。このことを知ったらどんな表情《かお》をするか多少の興味はあるけれど、わざわざエリアスに文句をつけるつもりもない。そんなことで会話を交わして、ますますエリアスと距離を縮めることになってしまったら、最終的に困るのはドロシーだ。

「貴女が言えないのなら、私が……」

「いえ、結構です。そこまで困っているわけでもないので」

「強いのね」

あっさりと首を振ったドロシーへ、マーガリーは優しい瞳で苦笑した。

そうしてなにやら詠唱を口にして、懐から取り出した杖《つえ》を一振りすれば。

「す、ごい……」

ズタズタに破かれ、紙の屑《くず》と化していた書物が、元通りの姿になっていた。

「貴女もすぐにこれくらいはできるようになるわよ」

にこりと優しく微笑まれ、ドロシーは身を小さくする。

「そんな……、私なんて」

ドロシーの成長の早さは、それ相応の努力あっての賜物だ。それなりに優秀である自負はあるが、ドロシーは秀才であって天才などではない。

より多くの人を助けるためには、高みを目指さなくてはならないが、そこまでの実力がないこともわかっている。宮廷魔女にまでなれずとも、「見習い」が外れれば満足だ。

「だから、そんな貴女に無礼を働くなんてナンセンスなのに、世間知らずのお嬢様方はそれをわかっていないから」

本当に困ったものだと、マーガリーは長い溜《た》め息を吐き出した。

魔法そのものを使える者は少なくないが、白魔法の代表である癒しの魔法を使うことができるのは魔女だけだ。

癒しの魔法は、白魔法の最高峰。感覚的なものだけでなく、魔法の成り立ちや理論を知り、魔力を己の内で操る技術が必要となってくる。一朝一夕で覚えられるものではない。

魔女しか使えない魔法というものは数多く存在する。だから魔女は敬われ、一定の地位を約束されている。それこそ宮廷魔女となった際には、王族と対等に話すことができるほどに。マーガリーが王族であるエリアスのことを気安く名前で呼ぶことを許されているのはこのためだろう。

「辛かったら言いなさい。私がはっきり世の中の仕組みというものを教え込んであげるから」

真剣な眼差しを向けてくるマーガリーに、ドロシーは思わずたじろいだ。

「貴女には才能がある」

そうして不安定に揺れるドロシーの瞳を見て取ると、マーガリーはその不安を払拭するかのようににこりと笑顔を浮かべる。

「貴女にこの道を示したディアナはお手柄ね」

「ディアナ、様……」

「そう。私の一番弟子」

自慢気にマーガリーは笑う。

ドロシーの恩人であり憧れの女性《ひと》である魔女――ディアナ・クロウは、マーガリーが宮廷魔女を引退した後、その跡を継いで〝一番目の魔女〟となっている。そんなディアナは、マーガリーの愛弟子だというのだから驚きだ。

だからドロシーも、このマーガリーの元で多くを学びたいと思っているけれど。

「ちょうど今日、顔を出すようなことを言ってたのよ～。せっかくだから会っていく？」

「え……⁉　いえ、それはちょっと……」

茶目っ気たっぷりの声色で尋ねられ、ドロシーは動揺した。

いつかはお会いしたい、と思っていたけれど、それはドロシーが立派な魔女になってからのことで今ではない。

「十数年ぶりの感動の再会でしょお？　ドキドキしちゃうわね」

マーガリーの言う通り、ドロシーが憧れの女性《ひと》であるディアナと会ったのは、幼い日に助けて貰《もら》ったあの時だけ。

それからは、流れてくる噂話《うわさ》や市民の間で出回る宮廷魔女の姿絵を見て、憧れる気持ちを育てていた。

立派な魔女となって再会したい――。

ずっと、その夢を目指して。だから。

「あ、いえ、そういうことならもう帰ります……」

と、ドロシーが踵《きびす》を返しかけた時。

「あら？　噂をすればなんとやら、ね。そんなことを言っていたら来ちゃったわ」

約束の時間よりも随分と早いと言って、マーガリーはすぐ傍の床に蒼白《あおじろ》く浮かんだ魔法陣へと目を落とす。

それは、転移魔法を作動させるための魔法陣だ。

「えぇぇ⁉」

覚悟もなく、ドロシーの驚愕《きょうがく》の声が上がる中。

「いらっしゃい」

「お邪魔します」

にこにこと優しい笑顔で口を開いたマーガリーの視線の先に、ふわり、と光に包まれた人影が現れて、艶《あで》やかな微笑みを浮かべていた。

漆黒の髪に藍色の瞳。ディアナ・クロウという女性は、こっそり「魅惑の魔女」と呼ばれているほど美しい女性《ひと》だった。

あの時二十歳《はたち》そこそこだったとすれば、今は三十路をゆうに越えているだろうが、ドロシーが出会った頃からその美貌は衰えるどころかますます磨きがかかっている。その天賦の才も相俟《あいま》って、不老不死の術を編み出したのではないか、とふざけて言う人間《ひと》がいるほどだ。

「お久しぶりです」

「元気そうね」

愛弟子と師匠は、にこやかな空気で挨拶を交わす。

「はい。おかげさまで大忙しです」

くすり、と笑う赤い唇も、とても綺麗《きれい》で魅惑的だ。

と。少し離れた位置にいるドロシーの存在に気づいたディアナは、ぱちぱちと可愛らし
く瞳を瞬かせる。

「あら？　そちらは……」

思いもよらない憧れの人との再会に、ドロシーの心臓はドキリと跳ねた。

ドロシーが思い描いていたディアナとの再会は、それなりの魔女となった後、魔女たち
の集会かなにかであの時のお礼を兼ねて挨拶ができれば、というものだった。

今や国一番の魔女となったディアナに、ドロシー程度の魔女を気にかけてほしいなどと
高望みはしていない。

それなのに。

「え、えと……、その……、ドロシー・シャルロッテと申します」

お久しぶりです。と挨拶するのも躊躇《ためら》われてしまう。ドロシーにとっては衝撃的な出会

いでも、ディアナにとっては取るに足らない日常の延長でしかないだろう。ディアナがそんな昔のことを覚えているとも思えない。

「ドロシー！」

「え……っ？」

だが、ドロシーの姿を認めたディアナの表情はぱっと華やいで、満面の笑みが向けられる。

「あの時の……！」

ドロシーの前までやってきて、まるでその成長を確かめるかのように、上から下まで観察される。

「貴女のことは師匠から聞いてるわ。私の見立て通りとっても優秀だって」

マーガリーには、入試の面接の際に魔女を目指した理由を聞かれている。昔、魔獣に襲われかけたところをディアナに助けられ、そんな彼女に憧れたのだということを。

けれど、まさかマーガリーがそれをディアナに話しているとは思わなかった。

「あの時の私の言葉を聞いて、本当に魔女を目指してくれたのね！　嬉《うれ》しいわ」

どうやらディアナもその時のことを覚えてくれているらしく、キラキラと感動した瞳を向けられて、思わず圧倒されてしまう。

「あの時は助けてくださり、本当に……」

それでもこれだけは忘れてはならないと丁寧に頭を下げかけたドロシーだが、それも全てディアナの勢いに呑《の》まれてしまう。

「師匠の指導はどう？　厳しすぎて泣かされたりしていない？」

「えっ？」

ドロシーの感謝の気持ちを聞き終えるまでもなく、茶目っ気たっぷりの瞳で矢継ぎ早に質問され、どう反応を返していいのかわからず動揺する。

マーガリーはとても優しく丁寧な先生だが、宮廷魔女をしていた――それこそ、ディアナの師であった時は厳しかったのだろうか。

「……ディアナ？」

マーガリーからはジロリとした冷たい目が向けられて、ディアナは楽しそうにカラカラ笑う。

「嘘《うそ》よ嘘。師匠はとっても優しくて教え方も上手いから。安心して教えを乞うといいわ」

やはり、師匠と弟子だからだろうか。どこか子供っぽい無邪気さの窺《うかが》える言動は、マーガリーのそれに似ている。

そうしてディアナは、突然なにかを思いたったかのように、

「あ！　そうよ！」

と、キラキラした瞳のまま手を叩《たた》くと、予想外のことを口にした。

「ドロシー、貴女、私に弟子入りしない？」

「……は……？」

ドロシーはその言葉を自分の中でゆっくりと咀嚼《そしゃく》する。

——誰が、誰に、弟子入りすると？

幻聴だろうかと思いかけ、けれど、ディアナは両手の指先を軽く合わせて楽しそうに話を進めていく。

「私もそろそろ弟子を取った方がいいかと思っていたのよ。師匠の元にいるなら流儀も合うと思うし。ちょうどいいわっ」

「あ……、いえ……、その……、あの……？」

「ねっ？　師匠。どうかしら？」

急展開についていけないドロシーを置いて、ディアナは名案とばかりに己の師を窺った。

「そうねぇ……？　弟子でも取れば、貴女のその自由奔放な性分も少しは緩和されるかしら」

「もうっ、師匠！　私はこれでも一番目の魔女ですよ⁉」

ふぅ、と肩を落としてやれやれと溜め息をつくマーガリーに、ディアナはぷりぷりと頰を膨らませる。

「わかっているわよ。貴女はもうとっくに私を追い越しているもの」

そんな一番弟子にマーガリーはくすりと笑い、子供の成長を見守るような柔らかな目を向ける。マーガリーが宮廷魔女を引退し、一番目の座を愛弟子であるディアナに譲ったのは、確か三年ほど前のこと。

マーガリーのその言葉に、やはりディアナは天才なのだと――〝大魔女に一番近い女性〟だと言われていることを実感する。

それから、そんな“天才”を育てたマーガリーは、くるりとドロシーの方へ向き直る。

「ドロシー。どうかしら？　こんなでもディアナはとても優秀な魔女だし、貴女のためになると思うけれど」

国一番の魔女に向かい、そんな物言いをできるのはかつての師匠であるこの女性《ひと》だけに違いない。

「そ、そんな……！　私がディアナ様の弟子だなんて……！」

ここにきてはじめて事態の大きさを理解したドロシーは、慌てて手と首を左右に振る。

国一番の、大魔女に一番近いと言われている女性《ひと》の一番弟子。そんな大役はドロシーには分不相応すぎて、とても頷《うなず》けるものではない。

「そんなに気負わなくていいのよ。ドロシーはまだ見習いでしょう？　見習いが取れるまでは今まで通り学園《ここ》で基礎を師匠に習って、時々私のところに来てもらえれば」

「で、でも……」

にこにこと話を進めてくる憧れの女性《ひと》の笑顔には逆らい難《がた》く、ドロシーはしどろもどろになってしまう。

「ドロシーが嫌なら仕方ないけれど」

ディアナはおおげさな仕草でふぅ……っ、と残念そうな吐息を落とす。

「そんな……！　嫌だなんてことあるはずが……！」

「じゃあ決まりね！」

だが、そんなドロシーの戸惑いなど気がつかないふうで、ディアナは華やいだ笑顔を見せると可能性を秘めた両手を取ってくる。

「初めての弟子が貴女で嬉しいわ」

憧れの女性《ひと》からの、そんな素敵な誘いを断れるはずもない。

「ディアナ様……」

「〝師匠〟よ。〝師匠〟」

おずおずと手を握り返せば、茶目っ気たっぷりのウィンクが返ってきて、ドロシーは慣れないその単語を恐る恐る口にする。

「……お師匠、様……」

マーガリーとディアナのように、気軽な師弟関係が結べるはずもない。

「う〜ん？　まぁ、今はそれでいいとする？」

どうしても硬くなってしまうドロシーにディアナは不満そうだが、今は仕方ないかと苦笑する。

それから困ったように眉を下げると、申し訳なさそうに口を開いていた。

「それじゃあ、詳しい話はまた後で師匠を通してするとして、今日は……」

「あ。そうですよね。お二人はご用事があるんですよね」

ただでさえ忙しいディアナがわざわざマーガリーの元を訪れるくらいだ。それだけ重要な話があるに違いない。その貴重な時間を自分との話に割いてしまって申し訳ないと思いながらすぐに退出する意思を見せれば、ディアナはますます苦笑を深くする。

「ごめんなさいね」

「いえ……っ、私こそこんな時にお邪魔して……」

いつ訪ねてきても構わないというマーガリーの優しさに甘えてしまっていることは確かな事実。本来ならば今日は足を向けたくはなかったが、悪いことと良いことは、やはり同じだけ巡ってくるのだろう。

「それじゃあドロシー。今度会う時を楽しみにしているわ」

ぺこりと頭を下げてスカートの裾を翻《ひるがえ》すドロシーに、ディアナのにっこりとした微笑みが向けられる。

「は、はい……！　それでは、今日はこれで失礼致します……！」

再度頭を下げ、ドロシーは廊下に出ると、夢うつつの気分でパタパタと走り去っていた。

（私が……、ディアナ様の弟子……？）

ふわふわとした足取りで、中庭に面した廊下を歩く。

（信じられない……）

幼い頃からの夢。いつか、魔女になって、恩人であるディアナに会いに行くこと。

それが、思いもよらない形で叶《かな》って。ディアナも自分のことを覚えてくれていて。しかも、自分の元へ来ないかと誘ってくれた。

(夢みたい……)

自分に宮廷第一の魔女であるディアナの弟子が務まるほどの才能があるとは思えない。

それでも、大魔女に一番近いと言われているディアナの傍にいれば、学べるものはたくさんあるに違いない。

ドロシーが魔女になったなら、自分にできる限りのことで一人でも多くの人を救いたい。

そのためには努力して、多くのことを吸収しなければ。

(うん。頑張ろう!)

突然のことで驚いたけれど、物事は前向きに。

胸の前でぐっ、と拳を作って気合いを入れたドロシーは、そこで突然意識を現実へと引き戻される。

(あ……)

広い中庭を挟んだ遠くの建物の陰から、エリアスの姿が見えた。

思わずすぐ傍の柱に隠れたドロシーは、そっとその行き先を窺うように物陰から顔だけを覗かせる。

「……っ」

遠目からでもわかる、明らかに高位貴族の女生徒と並んで歩いている姿に息を呑む。

授業が終わればすぐに家に帰る生徒たちが多い中、放課後デートでもしていたのだろうか。

（私には関係ない……！）

くすくすと楽しそうに笑う金髪の少女へ、エリアスが一言二言なにかを告げれば、その女生徒は驚いたように口元に手を添えてからまた笑う。遊び人であるエリアスは、女性に対する扱いもその心を捉えるのも上手いに違いない。

王族であるエリアスと、位の高そうなその少女とは、ドロシーよりもよほどお似合いだ。

――『オレは、ずっと忘れられなかった』

――『あの頃からずっと好きだった、って言ったら信じてくれる？』

（嘘つき！）

数々の浮き名とこんな光景を目にして信じられるわけがない。

好きな人がいながら他の人と関係するなど、ドロシーの常識からすれば論外だ。

――『守るから』

あの時の男の子はもういない。

魔女を目指すドロシーは、誰かを好きになったりしない。

だから、エリアスがどんな女性となにをしようが関係ないし傷つかない。

（あの人にはもう関わらない……！）

ツキン……ッ、とどこかで覚えた気がする胸の痛みには目をつむり、ドロシーはその光景に背を向けた。


お上品に育てられたお嬢様方の嫌がらせなどたかが知れている。

ただ、時にはドロシーの想定外のことが起こることもあるわけで。

「あらぁ～？　ごめんなさい～？　手が滑ってしまって」

「そうですか。気をつけてください」

頭に白い生クリームを乗せたまま、ドロシーは取り巻き二人を連れた女生徒へちらりと視線を投げただけで、まるで感心のない素振りで食事に戻る。

今日のお昼はオムライス。ぼとりと目の前に落ちたショートケーキらしきものの被害からは免れていたことにホッとする。

「なによっ、その生意気な態度……！」

ドロシーの淡々とした物言いが気に入らなかったのか、眉を吊《つ》り上げて怒りを露わにした少女は、腕に抱えたバスケットの中へ手を伸ばす。

その中には、恐らくまだケーキが入っているのだろう。

「庶民のくせに……！」

案の定取り出されたケーキの上には艶やかな苺《いちご》が輝いていたが、そんなものには目もくれない少女は、怒りに任せてそれをドロシーへ投げつけてくる。

「――っ」

頬にぶつかり、肩口から服を汚していくクリームに、さすがのドロシーも唇を噛《か》み締めた。

職人さんが丁寧に仕上げたであろうショートケーキを、一体なんだと思っているのか。ケーキは口に運んで味わうものであって、他人にぶつけるものではない。

「なんてことをっ」

するんですか。という言葉は最後まで口にされることはなかった。

「なにをなさっているの？」

「ヴァレンティーナ様……！」

金色の長い髪。意志の強そうな、少しだけ吊り上がった瞳。纏《まと》う空気と周りの反応からすぐにわかる、明らかに高位貴族の家柄だとわかるその少女は。

（昨日の……！）

遠目だったとはいえ、微かに見覚えのあるその女生徒は、昨日の放課後、エリアスと並んで歩いていた少女だった。

「随分と面白いことをしているのね」

くすっ、と微笑《わら》ったヴァレンティーナと呼ばれた生徒は、生クリームにまみれたドロシーを可笑しそうに見下ろした。

「あちゃ～、これまた愉快なことに」

こちらはどこから湧いて出たのか、宰相の息子であるカイルも顔を覗《のぞ》かせて、その目は面白いものを見つけたとばかりにキラリと光る。

「大丈夫です。お気になさらず」

気づけば周囲から注目を浴びてしまっていることに肩を落とし、

「＊＊＊＊」

ドロシーは懐から杖を取り出すと清めの呪文を詠唱する。

ふわり、と仄《ほの》かに暖かな風が舞った後には。

「さっすがぁ～」

ドロシーについていた生クリームは全て消え、元通りになったその姿に、カイルが小さく口笛を鳴らす音が聞こえてきた。

「こんな庶民相手に目くじらを立ててどうするの。エリアス様も、ちょっと毛色の変わった子に面白がっているだけでしょう。そのうちどうせ飽きるわ。放っておけばいいのよ」

ヴァレンティーナが冷めた口調で三人組の少女に言う。

「ヴァレンティーナ様のおっしゃる通りですわ！」

「ヴァレンティーナ様はミッチェル家のご令嬢ですもの……っ」

白々しいご機嫌取りには辟易《へきえき》するが、彼女たちの生きる世界はそういうものなのかもしれない。

それよりも、少女たちの一人が口にした〝ミッチェル家〟は、貴族社会に疎いドロシーでさえ知っている、三家ある公爵家の一つだった。

「こんな子ネズミとは格が違います……！」

ドロシーが子ネズミならば、ヴァレンティーナは最高級の毛長の白猫といったところだろうか。

なんとなくそんなことを考えて、ドロシーは次の少女のセリフに固まった。

「やっぱりエリアス様のご結婚相手はヴァレンティーナ様しかいらっしゃらないです！」

（──……え……？）

エリアスは、現国王の甥《おい》に当たる、歴《れっき》とした王族だ。王族や貴族の婚姻事情などドロシーは知らないが、全くの自由恋愛などということはないだろう。

少し考えてみればわかること。王族であるエリアスには、身分に相応しい結婚相手がいるに違いない。

「ヴァレンティーナ嬢は、エリアスの婚約者第一候補だから」

目を大きく見張ったまま動きを止めたドロシーへ、くすりと可笑しそうに口元を緩めたカイルがこっそりと告げてくる。

（そっか。だから……）

プライドが高そうなヴァレンティーナのことは、少しばかり気にならないでもないけれど、それでも昨日並んで歩いていた二人を思い出せば、それなりにお似合いだ。

「ヴァレンティーナ様は魔女ではないけれど、白魔法もお使いになるのよ」

ドロシーにケーキを投げつけた少女は、なぜだかとても偉そうな態度で口にする。

白魔法は、なにも〝魔女〟と呼ばれる者だけが使えるものではない。それなりの魔力と才能があれば、学んで使うことは可能となる。だが、純潔であることが必須要件となるために、魔女を目指す者以外で白魔法を会得しようと思う者などまずいない。

「とてもアナタなんかが敵う相手じゃないわ！」

「身の程知らずがっ。立場を弁えなさい……！」

結局はそうなるのかと、ドロシーはげんなりしてしまう。

ドロシーはヴァレンティーナと競うつもりは毛頭ないし、自分からエリアスに近づこうと思ったこともない。弁えるもなにも、魔女見習いのドロシーは、はじめから立っている土俵が違うのだから。

どうしてそこがわからないのかと頭痛と共にこっそり溜め息を洩《も》らしていると。

「彼女は将来の魔女よ？　貴女たちこそ少し頭を働かせた方がよくなくて？」

やはり、ヴァレンティーナは他の女生徒たちとは少し頭の出来が違うらしい。完全に見下しているその忠告に、少女たちが困惑する様子が見て取れた。

「え……？」

「ヴァレンティーナ様……？」

「それって、どういう……」

「……やっぱり温室育ちのお嬢様はバカばっか」

戸惑いに揺れる少女たちへ、ドロシーの横でカイルがぽつりと嘆息する。

「カイル」

「はいはい」

ヴァレンティーナからじろりとした目を向けられて、カイルは呆《あき》れた吐息で空を仰ぐ。

そこへ。

「なんの騒ぎ？」

ふいに響いたよく通る声《テノール》に、周りの視線が一気にそちらの方へ向けられる。

「エリアス様……っ」

耳元の赤い宝石をキラリと揺らし、優雅な足取りでやってくるのは、言わずと知れた学園一のモテ男。

「今日はお休みのはずでは⁉」

「うん。そのはずだったんだけど、思いの外早く用事が済んだものだから。この時間に来ればここでドロシー嬢に会えるかと思って」

甘い瞳を向けられて、ドロシーは今すぐこの場から逃げ出したい衝動に襲われる。

「エリアス様。火遊びもほどほどにしてくださいませ」

「ティーナ嬢」

親しげな愛称にむかむかする。

「う～ん。ごめんね、性分で」

「遊ぶにしても、せめてお相手は魔女以外の方がよろしいかと思いますけれど？」

ヴァレンティーナの呆れたような窘《たしな》めには、まるで〝正妻〟のような余裕が見て取れる。

「それじゃあ彼女で最後にするよ」

——最後、とはなんなのか。

それでどう？　とばかりに苦笑するエリアスへ、一瞬ヴァレンティーナも絶句する。

「呆れた方」

ヴァレンティーナは肩を落とすと、それはもうどうでもいいとばかりに次の話題を口にする。

「今度のダンスパーティーではきちんとお相手してくださるのですよね？」

「それはもちろん」

「でしたらいいですわ」

余裕の微笑みをエリアスへ向け、ヴァレンティーナはくるりと優雅な動作で踵を返す。

「私は失礼させていただきます」

綺麗な髪が弧を描いて靡《なび》き、最後に意味ありげな瞳をエリアスへ向ける。

「では、また後ほど」

「うん。また」

（〝また〟⁉）

笑顔でそれを見送るエリアスの態度に苛々とさせられる。

「隣、いいかな？」

「席ならあっちもこっちも空いてますけどっ」

にこにこと話しかけてくるエリアスへ、いつもと同じ返答で、いつもより遙《はる》かに冷たい態度を返す。

「ドロシーの顔を見ながら食べるご飯が、一番美味しいから」

「そのセリフ、私で何人目ですか？」

相手は天下一の遊び人。

隣の椅子を引きながら甘い言葉を向けてくるエリアスへ、ドロシーはなまぬるい目を向ける。

「あれ？　もしかしてヤキモチ？」

「そんなわけないでしょう……！」

嬉しそうに笑われて、なんて自信過剰でおめでたい脳ミソをしているのかと憤慨する。

「ねぇ、ドロシー」

机の上にはまだ、食べかけのオムライスが残っている。ここから去るためにも、早く食べなければとスプーンと口を動かしながら、ドロシーは絶対零度の目を上げる。

「…………なんですか」

肘をつき、手に顎を乗せて。そんな姿さえ、様になるのだから腹が立つ。

「デート、しない？」

「しません」

一心不乱にオムライスと格闘しながら口を動かして。

「即答？」

「はい。貴方とは関わりたくないので」

微妙に傷ついた顔をするエリアスには気づかなかったふりで強く頷いた。

「今日の放課後、こっそり迎えに行くから」

「結構です」

こっそり、とはどうやって。一応は人の目を気にしてか潜められた声に拒否をする。

「ド、ドリィを連れていきたい場所があるんだ」

「結構です……！」

その愛称で呼ぶのはやめてほしい。エリアスはあの男の子かもしれないが、彼を好きだったのはもう過去のことだ。

「ドリィ」

「絶対に行きません……！」

オムライスのふわふわ食感に浸っている余韻もなく、スプーンを置くと席を立つ。

おかげで完食はしたものの、ゆっくり味わうことができなかった。

「もう、私に関わらないでください……！」

言い置いて、ドロシーはさっさと食堂を去った。

第五話　黒雲広がり、雷光閃めいて

いつものように、柔らかな草の上に開いた魔法書を置き、ぶつぶつと呪文を唱えながら新しい魔法の練習をしている時だった。

パァァア……！　と、数歩先にどこかで見覚えがあるような魔法陣が浮かび上がり、光を放つ。

それにびくりとして呆気《あっけ》に取られていると、立ち上った光の中にぼんやりとした人影が浮かび、その輝きが収まった時には、笑顔のエリアスが立っていた。

「な、ん……!?」

予想外の登場に、ドロシーはパクパクと口を開いて驚愕《きょうがく》する。

「だから、迎えに来るって言った」

「だ……っ、な、ななな……!?」

転移魔法は、黒魔法の中でも最高クラスの超高難度のものだ。使える者が早々いないそれを、まさかエリアスが使えるなどとは想像だにしていない。

「驚かせちゃった？」

にこやかに笑うエリアスには言葉も出ない。

とにかく唖然《あぜん》としているドロシーに、エリアスはゆっくりと傍まで歩み寄ると、眉を下げて苦笑した。

「オレがコレを使えることは秘密にしておいて？」

使えることが発覚するとなにかと面倒だからと困ったように微笑《わら》いながら、エリアスはドロシーに手を伸ばす。

「これでも割と優秀なんだ」

肩を引き寄せながら、なぜか耳元で甘く囁《ささや》かれて背筋がぞくりとした。

エリアスが有能らしいことは、なんとなく風の噂《うわさ》で聞いている。けれどまさか、転移魔法を使いこなせるほどまでとは知らなかった。

「行こう」

そうして肩を抱いて促してくるエリアスに、ドロシーはハッと現実へ引き戻される。

「行きません……っ」

「うん。だから強引に連れていくことにした」

「な……!?」

悪びれることなく笑われて絶句する。

「人攫《さら》い！　誘拐犯……！」

「好きに呼べばいいよ」

ジタバタと抵抗しても、肩を抱いた腕の力は思いの外強くて逃げられない。

そうこうしている間にも、足元には魔法陣が輝いて、ドロシーは顔を引きつらせる。

「私をどこに連れていく気で……！」

「イイトコロ」

くす、と笑われたその返答には、もはや嫌な予感しかしない。

「離して――っ！」

ドロシーの叫びは空に溶け、その一瞬後には二人の姿は消えていた。

「きゃああ……⁉」

転移先には踏みしめるべき地面がなくて悲鳴を上げる。

「危ないから摑《つか》まってて」

「な、なな……⁉」

言われるまでもなく、思わずエリアスに縋《すが》りついてなにが起こっているのかときょろきょろしてしまう。

ここは、一体どこなのか。

「落ちないようにね」

少しだけ冷静さを取り戻すと、二人がいるのは大木から伸びる太い枝の上だとわかった。

「ここ……」

「ドロシーが連れていってくれた秘密基地に似てるだろ？　ここは王宮の一角だけど」

「そんなところに……！」

「誰も来ないから大丈夫だよ」

エリアスの言うように、そこに広がる光景は、幼いあの日に二人で笑い合った風景によく似ていた。

「この場所を見つけて以来、一人になりたい時にはいつもここに来るようになった」

懐かしむ瞳を遠くへ向けるエリアスの横顔に、なぜかツキリと心が痛んだ。

そこに、幼い少年が必死に涙を堪《こら》えて唇を噛《か》み締める姿が重なった。なぜかその姿は今のエリアスへと繋《つな》がって、成長した少年が、どこか哀しげな瞳で遠くを見つめていて。

「そんな時、いつもドロシーが隣にいてくれたらなぁ、って思ってた」

くすり、と、寂しげな瞳がドロシーの姿を映し込み、ドロシーはコクリ、と小さく息を呑《の》む。

「な、んで……」

「ずっと、好きだった」

その言葉が、素直に全身へ染み渡る。

「やっぱり、信じられない？」

柔らかな瞳が向けられて、その首が困ったように傾けられる。

「……そうですね」

目を逸らし、ドロシーはきゅっと唇を引き結ぶとポツリと足元へ答えを落とす。

認めたらダメな気がした。

認めてしまったら……、なにかがガラガラと崩れ落ちていきそうで。

「まぁ、そうだよね。それだけのことをしてきた自覚はある」

仕方がないと小さく自嘲するエリアスからは、今にも消えてしまいそうな印象を強く感じ、彼に伸ばしてしまいたくなる手を、気づけば懸命に押し止めている自分がいる。

「もう会うことはないだろうと思ってたし。正直に言えば、会いたくなかったから」

「え……」

切なげな瞳で見つめられ、ドロシーの瞳は揺らめいた。

「会ったら、こうなることがわかってた」

「え？」

頬へ伸びてきた手にすぐに顎を持ち上げられ、眼鏡を奪われたかと思うと、至近距離にエリアスの綺麗《きれい》な顔があった。

「ん……っ」

唇が塞がれて、一度大きく見開いた瞳を、今度はぎゅ……っ、と硬く閉じる。

「んんん……!?」

ぬるり、となまあたたかな感触が潜り込んできて、肩口の服を引っ張るも、そんなものでエリアスの体は離れない。不安定な木の上では、落下の恐怖に大きな抵抗も難しい。

「ん……っ、ん、ぅ……っ」

エリアスの舌にぐるりと口腔《こうこう》内をまさぐられてぞくりとする。それから吸い付くように口づけられ、それで満足したのか、濡れた唇はゆっくりと離れていった。

「なにす……っ」

「欲しくなる」

目の前にある真剣な瞳の奥に、獰猛《どうもう》な欲の光が宿っているのを感じ、ドロシーは思わず身を捻る。

このままでは、本当に喰われてしまいそうで。

「逃げないでよ。これ以上のことはしないから」

だが、そんなふうに逃げ腰になったドロシーの様子を見て取ったのか、エリアスは一度肩で息を吐き出すと、今度は困ったように苦笑した。

それからもう一度伸ばされた手にドロシーがびくりと身構える中、エリアスの長い指先が器用に三つ編みをほどいていき、ぱさりと落ちた亜麻色の髪を優しくすくう。

「もう、他の子には手を出さない。ドロシーだけだ」

苦笑いをこぼしつつ、真剣な瞳がドロシーを射貫いてくる。

「だから、ダメ?」

どこか寂しげな瞳がドロシーを捉えて離さなくなる。

「もうすぐ誕生日なんだ」

ドロシーの長い髪に触れながら、エリアスの瞳が愛おしそうに細められる。

「……二十歳《はたち》になる」

その時の一瞬の間はなんだったのだろう。

くるりと髪に巻きつかせた指は頬へと移り、優しい動きで肌を撫《な》でてくる。

「それまでの短い期間でいいから、オレの恋人になって」

「な……っ、ん……!?」

甘い誘惑にドロシーの目は大きく見開いた。

「そしたらもう、二度と関わらない」

そう告げられた瞬間、ツキン……ッ、と胸に走った痛みは気がつかなかったことにする。

自分に関わらないでほしいと、ずっと願っていたのだから。

「期間限定の恋人ごっこ。ダメ?」

窺《うかが》うように顔を覗《のぞ》き込まれて沈黙する。

そんな器用なごっこ遊び、ドロシーにできるはずがない。

じ……、と返事を待つエリアスの手を払い、ドロシーは唇を噛み締める。目を合わせることができないまま、聞こえるか聞こえないかくらいの声色で口を開く。

「……ダメに決まってます」

たとえ真似事だとしても、ドロシーは恋なんてしたくない。

それを、よりにもよってエリアスと、だなんて、冗談もほどほどにしてほしい。

「だよねぇ……」

エリアスは初めからドロシーの答えなどわかっていたかのように肩を落とし、やれやれと空を仰ぐ。

「ドリィは昔から真っ直ぐだから」

昔の話をされると心が痛む気がするのはなぜだろうか。

「変わってない」

そう笑うエリアスは嬉《うれ》しそうだった。

「……エリアス様は変わりましたね」

やんちゃで意地悪だった男の子は、今では軟派な雰囲気を醸し出し、学園一のモテ男となっている。

一体どこで間違えたのかと、思わず問いただしたくなってしまうほど。

「……そうだね。あれからいろいろあったから」

そんなドロシーの冷たい返答に、エリアスは遠い目をして微笑んだ。

「本当に……、いろいろなことがあって……」

あの男の子がここまで成長するまでに、一体なにがあったというのだろう。まるで全てを悟りきり、人生を諦めているのではないかと思われるほどの独白に、ドロシーは妙な不安感に襲われる。

「最終的に、いろいろと振りきりすぎたらこんなになってた。幻滅するよね」

「そんな……、ことは……」

「いいよ。慰めてくれなくて」

もし、万が一にもドロシーが恋をすることがあったとして。

初恋の男の子とも理想とは全く違う。

それなのに。

「……だって、ちゃんと騎士になってる。私に会うつもりがなかったのに、こうして騎士になっているのは成り行きですか？」

「いや……」

言葉を濁すエリアスに、ドロシーはきゅっと唇を引き結ぶ。

「あの頃のエリスは、ちゃんとエリアス様の中にいます」

ほとんど面影もない、似ても似つかない思い出の中の男の子と、今のエリアス。にも関わらず、やはりあの日の男の子とエリアスは重なった。

無言のまま……っ、と正面から見つめられ、なんとも居心地の悪さを感じて息を呑む。

綺麗な紫色《アメジスト》の瞳に見つめられると、吸い込まれそうになってしまう。

「その……、他人行儀の丁寧語、やめない？」

「え？」

そこでふいに苦笑され、ドロシーはパチパチと瞳を瞬かせる。

「昔みたいに気軽に話してよ」

「それはちょっと……」

そんなことを言われても、なにも知らなかったあの頃と同じようにはいかないだろう。ドロシーとエリアスとでは、今や身分も立場もなにもかもが違いすぎるのだから。

「好きだよ、ドロシー」

静かに微笑まれて呼吸《いき》が止まる。

「勝手に想う分には自由だろ？」

人の気持ちは、他人がどうこうできるものではない。それは、たとえ本人でさえ。

「と、友達なら……！」

咄嗟《とっさ》にそう返してしまったのはなぜなのか。

「普通の〝友人〟としてだったら……！」

頭のどこかがよくわからない警告音を鳴らしてきて、ドロシーの唇は勝手に言葉を紡いでいく。

「ドロシー？」

「〝幼馴染み《おさななじ》〟としての友人でよければっ。それなら普通にお話ししま、話すから」

向けられる不思議そうな瞳に、なぜか必死になる自分がいた。

恋人、にはなれないけれど、友達、なら。

「……そっ、か」

どことなく寂しげに目を伏せて、エリアスは自身を納得させるかのように小さく頷いた。

「うん……、そうだね……」

その切なげな独白の意味は、ドロシーにはわからない。

ただ、自分は返すべき言葉の選択肢を間違えたのかもしれないと不安になった。

けれど、エリアスはそれ以上何も言うことはなく。

そのまま、日が傾いて沈むまで、二人並んで語り合った。

その短い時間は、どこまでも穏やかで温かなものだった。


それ以来、お昼は中庭の木陰で食べるようになった。

「ピクルス、食べられるようになったのね」

ドロシーお手製のサンドウィッチに齧《かじ》りついているエリアスを眺めながら、からかうようにくすりと笑う。

どうしてもとエリアスに乞われた結果、今日のお昼はドロシーの実家である定食屋が出している特製サンドウィッチだった。ただし、食材はエリアスが手に入れてきたものだから、素材は最高級品ばかりで全く同じとは言えないけれど。

貴族のお嬢様方ばかりの寮には台所がなく、作るまでにはそれなりの苦労があったけれど、それでもこうして無事に完成させることができたのは、ドロシーが食堂のおじちゃんと仲良くなったからだった。

「いつまで子供の頃の話をするんだよ」

「グリンピースも避けてた」

「どっちも子供が嫌いな食べ物の王道だろ」

拗《す》ねたように顔を顰《しか》めるエリアスにドロシーは楽しそうに笑う。

その顔は、やっぱりあの頃の男の子の面影をよく残していた。

軟派な王子様スタイルよりも、少しやんちゃそうなこちらの方が好感が持てるのにと思ってしまう。

「人が嫌いだってわかってるものを普通入れる？」

「だって、それがなくちゃウチの特製サンドウィッチにならないもの」

懐かしいと、喜んで食べてくれた実家の味に、ドロシーは苦労して作ってきて良かったと素直に思う。

両親の作る料理はドロシーの自慢だ。それを好きだと思ってくれたなら、これ以上嬉しいことはない。

「そういうドリィはプチトマト食べられるようになったわけ？」

「なんでそれを……！」

そこで思わぬ反撃を繰り出され、ドロシーはぎくりと視線を泳がせる。

「気づかれてないとでも思ってた？　人のこと言えないドリィの秘密」

わざとらしくにっこりとした笑みを作るエリアスの顔が少し怖い。

「普通のトマトは平気なくせして、プチトマトは食べられないって……」

「い、今は食べられるわよ！」

「人に好き嫌いするな、って偉そうに言ってたくせに」

上手く隠していたつもりなのに、なぜ気づかれたのかと動揺するドロシーに、ものすごく楽しそうなエリアスの笑顔が迫ってくる。

「ピクルスやグリンピースより、よっぽどプチトマトの方が……」

「もうっ、昔のことを掘り返さないでよっ」

降参とばかりに頰を膨らませたドロシーが、怒ったようにぽかぽかとパンチをお見舞いすれば、エリアスはそれを軽い動作で受け止めながら笑っていた。

この一ヶ月、当たり前のようになったお昼の光景。

エリアスと過ごす時間は思いの外楽しくて、つい時間を忘れてしまうほど。

王族のはずなのに気取ったところのないエリアスは接しやすく、知識が豊富でいろいろなことをドロシーに教えてくれる。時にはこうして、幼かったあの日の思い出話に花を咲かせてみることもある。

——全て、〝友人〟として。短い期間だったとはいえ、〝幼馴染み〟として。

そう……、それだけのこと。

けれど。

「平民のくせに、ちょっとエリアス様に構ってもらったからって、彼女面《づら》!?」

階段を曲がってすぐのところで待ち構えていた二人の少女に行く先を遮られ、ドロシーはげんなりと足を止めざるを得なくなる。

この一ヶ月、ドロシーに向けられる敵意は日に日に増している。以前は一日に一度程度の嫌がらせだったものが、ここ数日はドロシーが移動する度になにかしらが仕掛けられているほどだ。

「エリアス様が気まぐれにお相手してくださっているだけだって、早く気づきなさいよ！」

正直最近、エリアスのあまりの人気ぶりには驚きを通り越して尊敬してしまう。その容姿は確かに人目を惹《ひ》く上身分も高いが、なぜここまで女性を虜にできるのだろう。

「エリアス様は友人です」

彼女面、など一度もした覚えはない。

幼いあの日に遊んだ男の子は、現在、ドロシーにとっては気心の知れた〝男友達〟になっている。

そこだけは主張したくて口を開けば、少女たちの目はあからさまに吊《つ》り上がった。

「魔女見習いなのをいいことに、エリアス様の気を引いて！」

「そうやって勿体《もったい》ぶって、なに清純なふりしてるのよ！」

エリアス・クロフォードという遊び人は、一度関係を持った女性を、再び相手にすることはない。つまりは、ドロシーも一晩を共にすれば捨てられるという理解でいるのだろう。彼女たちのそのセリフは、まるでさっさと体を許せと言っているかのようで、ドロシーは頭が痛くなってくる。

彼女たちが言うように、ドロシーは魔女見習いだ。誰かに身体を許すようなことができるはずもない。

「エリアス様とは、友人です。そういうことは本人に言ったらいかがですか？」

再度、友人であることを強調し、ドロシーはこれ以上付き合ってなどいられないとさっさとその場から歩き出す。

エリアスは、幼馴染みで仲のよい友人。それだけだ。それ以上でも以下でもない。

幼馴染みで、友人、であることを認めたから。だからドロシーは、甘んじて数々の嫌がらせを受け入れる覚悟をした。

「覚えてなさいよ……！」

なにを覚えておけというのか。

背中に投げられる捨て台詞に心の中で冷静に突っ込んで、ドロシーは颯爽《さっそう》と廊下を歩いていた。

「エリアス。君、気づいてるくせにどうしてなにもしないわけ？」

エリアスとカイルは、それなりにいい距離感を保った友人同士だ。カイルの一癖も二癖もある性格は、エリアスもよくわかっている。

だから、そんなカイルが目の前で机に肘をつきつつ本気で不思議そうに聞いてきたことに、エリアスもまた小さな驚きを返していた。

「なにを？」

「なに、って……」

呆れたように吐息をついた友人に、エリアスは全てわかっているとばかりにくすりと苦笑する。

「彼女はこれくらいのことで潰れる子じゃないし」

潰れるどころか、ますます逞《たくま》しく魅力的になっている気がして、エリアスは楽しくて仕方がない。そんなふうに思えてしまう自分が、少しばかり歪《ゆが》んでいることなど自覚済みだ。

ドロシーが自分のせいで女生徒たちから嫉妬の嵐に遭っていることなど、最初から知っていた。

それについてドロシー自身から苦情が上げられたり、助けを求められたりしたならばさすがのエリアスも対処に出たが、ドロシーはどんな嫌がらせを受けようがどこ吹く風で涼しい顔を崩さない。

「……それはまぁ、そうだけど」

「惚《ほ》れ惚《ぼ》れするよ」

眉間に皺《しわ》を寄せるカイルに笑みを向ける。

正義感が強くて優しい、真っ直ぐな少女。

その少女が数々の嫌がらせを甘んじて受け入れながら躱《かわ》していることの意味を、エリアスはきちんと理解しているつもりだった。

対等な立場で、傍にいようとしてくれている。それが〝恋人〟としてではなく、〝友人〟としてだということだけが口惜しいけれど。

「それに、彼女は将来の魔女だ」

魔女は、とても稀《け》有《う》な存在だ。

〝魔女殺し〟の異名を持つエリアスが言っても説得力に欠けるものの、そんな貴重な存在となるであろう少女に害を成そうとするなど、普通であれば考えられることではない。

――そう、普通であれば。

「……その意味をきちんと理解している女の子は一部だよ」

本当にその意味を理解しているのであれば、そもそも魔女見習いであるドロシーに陰湿な真似をしようとすることがありえない。

つまり、ほとんどの少女たちは盲目的になり、自分達の愚かな考えにも行いにも気づいていないのだ。

「エリアス。君は、恋愛感情で視野が狭くなった女の子の残酷さを舐《な》めてるよ」

珍しくも真剣な面持ちとなったカイルは、ここまで悪化した事態を呑気《のんき》に捉えているエリアスへ警告する。

「そこんとこ、君、ちゃんとわかってる？」

「な、んだよ、それ……」

「自分が、どれだけ女の子の心を狂わせているか」

そして。

「同時に、水面下でどれだけ男の敵を作ってるか」

「――――！」

女の子の心を奪うということは、その影響は本人だけに止《とど》まらない。次には、その女の子のことを好きだった相手にも余波は及び、場合によっては〝奪《と》られた〟と逆恨みする者が出てもおかしくはない。

そして、その憎悪が直接エリアスに向けばいいが、そんなことはほとんどない。これでもエリアスは〝天才〟と名高い騎士で王族だ。

ならば、そんなエリアスを痛めつける方法は。

「ま、さか……」

それらのカイルの警告に、エリアスの胸には嫌な予感が駆け抜けた。

「ドロシー嬢がストイックで強くあればあるほど、その身は危なくなるよ」

そのままカイルは真剣な面持ちで先を続ける。

「ついさっき、殺気立った男子生徒の姿を見かけた気がするし。さすがのドロシー嬢も、数でこられたらどうにもならないだろ？」

「！」

今日までドロシーが敵を撃退できていたのは、全て魔法が使えたからだ。だが、その魔法はもちろん万能ではない。呪文が唱えられないように口を塞がれてしまえば、か弱い少女一人の抵抗などどうとでもなってしまう。

恐ろしい予感に囚われて、エリアスは一気に背筋が凍りつくのを感じた。

「それを早く言え……！」

そうしていってらっしゃいとばかりにひらひらと手を振ってくるカイルを視界の端に捉えながら、エリアスは椅子を蹴る勢いで教室を飛び出していった。

それは、帰りがけの出来事だった。

「ちょっと来てくれない？」

どうして女の子は複数人で行動するのが好きなのだろう。それも大抵奇数。今回はまた三人だ。

真ん中で明らかに不穏な空気を醸し出している少女のそのセリフは、ドロシーには「恨みを晴らしたいから顔貸しなさいよ」という言葉に変換された。

そんなことを言われて、どこの誰がひょいひょいついて行くだろう。

「すみませんが、急いでいるので」

「ちょっと……！」

あっさりと断りを入れ、ドロシーは少女たちを迂回《うかい》すると、さくさくといつものように自主練習場へと向かう。

それが、いけなかった。

目的地は、人気のない校舎裏。そこへ向かう途中も、少しずつ人の気配は少なくなっていく。

「おい」

かけられた低い声に、一瞬足を止めてしまった。

男子生徒に囲まれるのは初めてだ。

やはり、相手は三人。殺気じみた空気を纏《まと》わせている彼らに、さすがに本能的なものが「マズイ」という警告音を鳴らす。

「……い、急いでいるので」

胸に抱えた教本を抱き締めて、ドロシーは一歩後ずさる。

たらり、と冷や汗が背中を流れていく。

くる、と彼らに背を向けかけて。

「――――っっ！」

バサバサ……ッ、と本が散らばった。

「用があるって言ってんだろ？」

ぐい……っ、と後方に引き寄せられたかと思うと手で口を塞がれて、すぐさま猿轡《さるぐつわ》のようなものを噛まされる。

「んー！　んんーっ」

「口さえ塞いどけば魔法も使えないしな」

してやったりとばかりにニヤニヤと笑い、少年たちは三人がかりでドロシーを引きずっていく。

「チョロいもんだな」

見た目はそこそこの貴族の子息のように思われるのに、言動はまるでチンピラだ。

「んー！　ん――――っっ！」

懸命に手足を動かすが、そんな抵抗など無意味だった。

三人がかりで押さえ込まれ、ドロシーに成す術などあるはずもない。

そのまま空き教室へ連れ込まれ――。

「いらっしゃい」

そこには、先ほどドロシーがけんもほろろに無視をした少女たちが待っていた。

「本当に大丈夫なのかよ」

「大丈夫よ。こんな平民一人くらい。御父様の権力《ちから》を借りればどうとでもなるわ」

そんなことを言うくらいだから、彼女の父親はそれなりの地位にいる人間なのだろう。

これだから権力を笠《かさ》に着た人間は本当に質が悪いと呆れてしまう。

「まぁ、俺らもこれでアイツに一泡吹かせてやれると思うと気分はいいけどな」

ドロシーへチラリと視線を投げ、口元をニヤつかせて言う〝アイツ〟というのはもちろん……。

「エリアス様を恨むのはお門違いでしょう？」

「そうよぉ。エリアス様に敵うわけがないじゃない」

「そういうところがムカつくんだよ！」

ぷりぷりと怒る、残る二人の少女のセリフに、また別の男子生徒が憤慨する。

「誰も彼もヤツを悪く言わねぇ……！」

「女性にフラれた恨みをエリアス様に向けないでくださる？」

「逆恨みよ」

「なんだと⁉」

少女二人から冷たい視線を向けられて、その生徒はぴくりと眉を吊り上げる。

「まぁ、いいじゃない。今回はこうして利害が一致した、ってことで」

少女たちは、ここ最近エリアスを独占しているドロシーに。

少年たちは、次々と女性たちの心を奪っていくエリアスに。

それぞれがそれぞれの憎しみを抱えて一致した意見がこの結果ということだろう。

「恨むならあの王子様を恨むんだな」

少年の暗い双眸《そうぼう》からは、本気でエリアスを恨んでいることが伝わってくる。

「アナタの相手としては、彼らでも勿体ないくらいよ」

これから自分の身になにが振りかかろうとしているのか、嫌な想像が頭を過《よぎ》る。殴られる蹴られるなどならばまだ構わないが――……。

（ま、さか……）

最も恐れていることが起こりそうな予感に、さすがのドロシーも恐怖する。

伸びてきた手に床の上へと引き倒され、少年の一人がドロシーの腰の辺りへのしかかってくる。残る二人は、ドロシーの両手をそれぞれ床へ縫い止めて。

「安心して？　高額な学費を返済しなくちゃならなくなったら、いい娼館《しょうかん》を紹介してあげる」

「お前、そんなの知ってるのかよ」

くすくすと笑う少女へ、少年はドロシーの服のボタンを外しながら楽しそうな目を向ける。

「んー！　んん、ん――――！」

全力で暴れようとも、三人がかりで押さえつけられては指一本すら動かせない。少しずつ露わにされていく胸元に、じんわりと涙が滲《にじ》んでくる。

エリアスに恋をする少女たちから恨みを買っていることはわかっていた。それでも〝友人〟でいつづけることを選んだのはドロシーだ。

けれど、まさか。彼女たちがここまでの行動に出るとは微塵《みじん》も思っていなかった。それくらいの思慮はあるものと考えていた自分の甘さに泣きたくなる。

「んん――！」

はらりと胸元を露わにされ、下着をずり下ろされて触れた空気の感触にふるりと身体が震えた。

「おっ。案外胸あるのな」

白い胸元で慎ましく色づいているピンクの果実。それを見て取り、少年はひゅ～、と口笛を鳴らす。ドロシーの手首を押さえ込んだ二人からも、ごくりと喉が鳴る感覚が伝わってきた。

「この野暮ったい眼鏡も邪魔だな」

「んん……っ」

腕を押さえた少年がふと気づいたように片手を伸ばしてきて、ドロシーの小さな顔を半分ほど隠している眼鏡も奪われてしまう。

「あ」

「え？」

そうして露わにされたドロシーの顔を見下ろして、少年たちは一瞬呆気に取られた顔になる。

「なんだ。結構可愛い顔してんじゃん」

くつくつと楽しそうに肩を震わせて、少年は満足気な笑みをこぼす。

「これなら思ったより楽しめそうだな」

意外なドロシーの素顔に少年たちが嬉しそうな呟《つぶや》きを洩《も》らす中、それらのやりとりを微妙な面持ちで見守っていた少女たちは、自分たちはもうこれで用は済んだとばかりに無関心な目を向けてくる。

「それじゃあ、私たちは行くけど」

「あぁ。後処理は任せていいんだろ？」

「そこは心配しなくていいわ」

目を合わせることもなく、ひらひらと手を振る少年に、少女の唇が満足気に歪んだ。

「んー！　んー！」

「それじゃあ、せいぜい可愛がって貰《もら》ってね」

「んー！」

訴えは届くはずもなく、少女たちがその場を後にして無情にも扉が閉じられると、少年たちは本格的な蹂躙《じゅうりん》を開始する。

「んー！　んんー！　んぅ――――！」

やわやわと胸を揉《も》まれて寒気が走る。腕を押さえた二人の掌も肌の上を這《は》い回り、ぞわぞわと身の毛がよだつ気色悪さが止まらない。

「あはは。いいな、その表情《かお》。すっげークる」

脅えた表情で瞳を潤ませるドロシーの顔を見下ろして、少年は獰猛な色を瞳に光らせ、ぺろりと舌舐めずりする。

「なぁ、あんな男やめて、いっそ俺たちのモノになれよ」

「他のヤツらも呼んでみんなで可愛がってやるからさ」

残りの二人も、荒くなった声色で興奮したように声をかけてくる。

「そしたらずっとこの学園にいられるようにしてやるぜ？」

「ん――――っっ！」

胸元に吸い付かれて身体が強張る。

まるでナメクジが這っているかのような感覚にぞわぞわと鳥肌が立つのが止まらない。

「早く足開かせろよ」

「そんな焦んなよ」

「そーゆーお前だってそんな余裕ないだろ」

「まぁな」

けらけらと楽しそうに笑う少年たちの会話など耳に入ってこない。

どこにどう触られているのか、もはや感覚などないに等しい。

ただひたすらに気持ちが悪くて、気が遠くなりそうだった。

「それじゃあ、御開帳～」

「ん――っ！」

楽しそうに笑いながら両足を持ち上げられる。

こんな、ことが。

自分の身にこんな恐ろしいことが振りかかる日が来るなど、思ってもいなかった。

もし、万が一。

万が一……、魔女になる夢を壊されるようなことがあったとしたら。

頭の奥に、ちらりと銀髪の後ろ姿が見えた気がして、その幻を掻《か》き消すようにぎゅっと目を瞑った。

少なくとも、こんなところで夢を散らされるために今まで頑張ってきたわけじゃない。

「たっぷり可愛がってやるよ」

下卑た笑いにゾッとする。

「下着は……、切っちまうか」

「それくらい平気だろ」

どこから取り出したのか、いつの間にか手に握られていたナイフが下着にかかって喉の奥で悲鳴が上がる。

「────っ！」

恐怖で、頭の中がパニックになる。

「ん────っっ！」

誰か、助けて。

誰か、誰か、誰か──。

ちら、と頭の奥を過《よぎ》ったのは。

「ドロシー……ッッ！」

瞬間、乱暴に扉が開け放たれて、息も絶え絶えに飛び込んできた人物に、少年たちは目を見開いた。

「な……!?」

「お前らっ、なにしてる……！」

ぶわりっ、と、エリアスの足元から怒りを表すかのような風が舞った気がするのは気のせいか。

「ど、うして、ここ、に……」

ドロシーを拘束していた力が緩み、少年たちは呆然とエリアスの怒りに満ちた顔を見上げる。

ぶつぶつとした詠唱が耳に届き、エリアスの掌の上には黒々とした球体のようなものが浮かんだ。

それがなんだか具体的なことはわからなくとも、自分たちを攻撃しようとしているものであることは理解したのだろう。完全にドロシーから手を離した少年たちはじりじりと後退する。

「このままズタズタにされたくなかったら今すぐ出ていけ……っ！」

「────っ！」

怒りに燃えた瞳を前に、少年たちは足をもつれさせながら床を這うようにして扉へ向かっていく。

「全員、顔は覚えたからな。後で覚悟しとけ」

「な、ん……っ？」

「あのお嬢様方も容赦しない」

引き留めようとしやがって。と、口汚く舌打ちをするエリアスからは、いつもの優雅さなど欠片も見当たらず、その優美な唇からは忌々しげな鋭い声が放たれる。

「さっさと失せろ……っっ！」

「ひぃ……！」

部屋を飛び出していく少年たちに、エリアスは開け放たれたままの扉を見つめてち……っ、と舌打ちをし、それから乱暴に扉を閉めるとすぐさまドロシーの方へ向き直る。

「ドロシー……ッ！」

駆け寄ってきてドロシーの身を起こし、口元の拘束具を解放する。

「ドロシーッ！」

「……エ、リアス」

ぎゅ、と強く抱き締められ、痛いくらいの抱擁に、呆然と濡《ぬ》れた瞳を上げた。

「大丈夫か⁉」

「ぁ……」

途端、恐怖が甦り、カタカタと身体が小刻みに震え出す。

「ご、めん……っ。オレの、せい、で……っ」

そんなドロシーの怯《おび》えを察し、ますます腕の中の身体を強く抱き込んだエリアスは、自らも泣きそうに唇を震わせる。

「……あ……っ」

ぼんやりとした瞳の中にエリアスの銀色の髪が映り込み、ここ最近慣れた薫りがふわりとドロシーを包み込んできて、恐怖から解き放たれた安心感から、ボロボロと涙が零れて止まらなくなってしまう。

「ごめん……っ、本当にごめん……っ。ドロシーが嫌がらせを受けてること、知ってたのに……っ」

「大、丈夫……」

まだ少しだけ震える唇でなんとか言葉を紡ぎ出し、ドロシーはその腕の中でゆるゆると首を振る。

「私、も……、ちょっと、警戒が足りな、かった、から……」

「ドロシーはなにも悪くない……！」

そんなドロシーにエリアスは驚いたように目を見張り、己の腕の中に閉じ込めるようにますます腕の力を強くする。

ドロシーの身体は、未だ小刻みにカタカタと震え続けている。

「あ……。ごめん、なさい……。ちょっと、怖く、て……」

「そんなの……っ」

四肢に力が入らないことを申し訳なさそうに謝罪するドロシーへ、エリアスの顔が辛そうに歪められた。

「安心、したら……」

なんだか気が抜けてしまい、泣き濡れた顔で仄《ほの》かに甘く微笑んだドロシーに、エリアスが小さく息を呑む気配がした。

「ドロシー……！」

「んぅ……⁉」

直後、噛みつくように唇を塞がれて、ドロシーの目は驚愕で見開いた。

「ん……っ、ん、ん……っ！　んぅ……っ、ん⁉」

エリアスの舌が口腔内に潜り込み、荒々しく唇を貪られる。

「ふ……っ、んん……⁉」

刹那、ぞく……っ、と背筋に甘い痺れが走り抜け、ドロシーはびくりと肩をすくませる。

そうしてゆっくりと唇が離れた後には、互いの口から生々しい銀糸が引き、どちらのものかわからない唾液に濡れた唇で、エリアスは心底申し訳なさそうに謝罪する。

「……怖い思いさせたのに、ごめん。でも」

向けられた、真摯な瞳に息を呑む。

「ドロシーにアイツらの感触が残ってるなんて許せないんだ」

思い出したかのように、紫の瞳の奥には怒りの炎が浮かぶ。

「上書きさせて」

「……え……？」

真剣すぎる声色に、言われた意味がわからずドロシーの瞳は揺らめいた。

「優しくするから」

「え？」

言葉と共にゆっくりと後方へ身体を押し倒され、なにが起こったのかとドロシーの瞳はパチパチと瞬《まばた》きを繰り返す。

「アイツらのことなんて忘れさせてやる……っ」

ドロシーの髪を撫で、頬に触れる指先はとても優しいものなのに、言葉だけは煮えたぎった怒りの色が滲んでいて、その落差にドロシーは困惑する。

「あの……？　エリア……、ん……！」

ドロシーの首筋へエリアスの顔が埋《うず》められ、そこへかかった吐息にぞくりと肩が震えた。

「や……っ、なにし……っ？」

「どこ、触られたの？」

「……そ、なの……っ、知らな……っ」

「じゃあ、全身舐めてやる」

困惑したまま首を横に振れば、本気の声色でそう言ったエリアスの舌先が白い首筋を舐め上げてきて、ドロシーはびくんっ！　と身体を震わせた。

「う、嘘……!?　ちょ……っ、や、め……っ」

なまあたたかい感触は、首筋から耳の後ろを辿《たど》り、耳たぶを食《は》むようにしながら耳の中まで舐めてくる。

「大丈夫。気持ちのいいことしかしないから」

「あ……っ」

自信満々に甘く微笑まれ、その言葉通り、首筋に吸い付かれた感触に甘い痺《しび》れが全身を流れていく。

「この前ので、ドロシーのいいところは大体わかったから」

そっと慈しむ動きで脇腹を撫で上げられてびくりと身体が反応した。

「溺れてて」

真っ直ぐな瞳で見つめられ、頬へリップ音を響かせたキスを贈られて心音が跳ね上がる。

「や……っ、ゃ……、あ……っ？」

エリアスの唇が首筋に吸い付きながら降りていき、胸元を緩やかに愛撫される。それから胸元の果実を舌先で掬《すく》い上げられ、そのまま舌先でツンツンと刺激され、ぷっくらと実ったところをぱくりと口に含まれて甲高い嬌声《こえ》が上がる。

「どうして？　気持ちよくない？　ドロシーのココ、もっともっと、って、ツンと可愛く起《た》ってるのに」

エリアスの唇も舌も指先も。肌の上を優しく滑る掌も、嫌悪感などどこにもない。

「ドロシーの身体って、どうしてどこもかしこもこんなに美味しいんだろう……」

ちゅっ、ちゅっ、と軽い音を立てながら柔らかな双丘へ吸い付いて、肌へ落とされるエリアスの口づけは少しずつ下がっていく。

「気持ちよくしてあげたいのに、堪らない」

お臍《へそ》の周りまで舌を這わされ、下腹部がひくひくと痙攣《けいれん》した。それと同時に脚の間からじわじわと滲み出てくる月のモノのような感触を感じて腰が揺れる。

「コッチも触られたよね？」

ぐい……っ、と脚を開かされ、露わにされた白い内股へ注がれるエリアスの視線を感じて燃えるように顔が熱くなる。

「ゃ、め……っ、んぁ……っ、ぁあ……！」

太股の中間辺りにキスを落とした唇が、そのままゆっくりと脚の付け根の際どい部分まで上ってきて腰が跳ねた。

「ドロシーは敏感だね」

びくり……っ、と反応を示す身体に嬉しそうな笑みを洩らし、エリアスはドロシーの白い脚を曲げて持ち上げると、くるぶしへも唇を落としてくる。

「そんな、とこ……っ、触られて、な……、ぁ……っ」

ちゅ……っ、と音を立てて吸い付いてから、足の甲にも唇が這わされて、ぞくぞくとした甘い痺れが腰から背筋を上ってくる。

「だぁめ。全部愛するって決めたから」

「や……っ、や、だ……ぁ……っ」

よくわからない恐ろしさを感じてふるふると首を横に振るも、両脚を唇と指先で愛でてくるエリアスの動きが止まる気配はない。

一通りドロシーの小さな足を堪能した唇は、脚の内側を滑りながら内股へと戻ってきて、もはや閉じられなくなった脚の間を覗き込み、エリアスが感嘆の吐息を洩らす。

「すごい……。濡れてる……」

「言わな……っ」

そこは、恥ずかしいほどに下着を濡らしていて、ドロシーは口元に手をやると嫌々と首を振る。

「下着、取るよ」

「や、や、ぁ……！」

反射的に目を見開き、それを押し止めるかのように手を伸ばしてもすでに遅く、ドロシーの白い下着はあっさりと取り払われてしまう。

「すっごい……。蜜が溢《あふ》れてて美味しそう……」

「見な……っ、ぃで……ぇ……！」

エリアスの瞳の奥がギラリと輝き、誰にも見せたことのない場所へ鋭い視線が突き刺さっているのがわかって、あまりの羞恥から腰が震えた。

「可愛い」

欲望に濡れた声色が耳に届き、エリアスの顔がそっとドロシーの秘めた場所へと近づいていく。

一体なにをするつもりかと思っていると、ぴちゃ……っ、と、酷く淫猥な音を立てて陰核を舐め上げられ、ドロシーの腰は今までになく大きく跳ね上がった。

「う、嘘……⁉　や、ぁぁ……！　だ、め……っ、ぁ、ぁ、あ……っ、ん……」

舌先で陰核をノックしたかと思えばそっと唇で吸い付かれ、優しく舐め取られて喉が仰け反った。指先が蜜口を優しく愛撫していて、そこからはくちゅくちゅという淫猥な水音が響き渡る。

「あ……っ、や……っ、も、ぅ……っ」

許して……。と、生理的な涙の浮かんだ瞳で懇願しても、エリアスは甘く微笑むだけ。

「ほら……、だって、ドロシー。ココは、こんなにひくひくして、物欲しそうにオレの指を誘ってる」

「ち、が……ぁ……！」

ふるふると否定の方向に首を振ってはいても、本当はドロシーにもわかっている。

自分でも知らなかった、信じがたいほど淫乱らしいドロシーの身体は、まるで早く早くと主張するかのようにだらしなく愛液を滴り落としながら口を開いている。

「挿《い》れるよ？」

「だ、だめ……ぇ……！　それ、だけ、は……！」

これ以上は自分が自分でなくなってしまいそうで、思わず悲鳴のような声を上げたドロシーに、エリアスは宥めるような優しく甘い囁きを落としてくる。

「大丈夫だよ。指くらいで処女じゃなくなったりしないから」

それだけは守ると言って、エリアスの指先がドロシーの秘密の入り口へ分け入ってくる。

自分の身体の中に、自分のものではない異物を生々しく感じて身体が仰け反った。

「あー……、凄い。ドロシーの胎内《ナカ》。オレの指を食い締めて、もっとやらしいことしてほしいって媚びてくる」

「や、ぁ……！」

ドロシーの蜜道《ナカ》へゆっくりと潜り込みながら、その指先が探るような動きをしてきて、ドロシーはびくりと肩を震わせる。

「ドロシーのいいところ……ココ、だよね？」

ぐ……っ、とお臍の裏側辺りを強く押されて喉の奥から悲鳴が洩れた。

いつの間にか増やされた指をゆっくりと抜き差ししながら、見つけられてしまった弱い部分を重点的に責められると、頭の奥にチカチカと光が舞う。

「ぁ、あ……！　だ、め……っ、なの……っ。イッちゃ、ぅ……っ」

「可愛いね、ドロシー。この前ので覚えたんだ？」

つい先日までなにも知らなかったというのに、あのたった一回で。と唇を歪めるエリアスへ、ドロシーの顔は沸騰する。

「めちゃくちゃ可愛い」

ペロリと自らの唇を舐め取ったエリアスは、紫の瞳の奥に獰猛な雄の欲望を見え隠れさせていて、それだけでドロシーの身体はびくりと震えた。

「イッていいよ」

「や……っ！　や、だ……ぁ……っ」

優しく落とされる甘美な誘惑に、ぞくりと背筋が震えた。

身体は、達することの悦びをすでに知っていて、どんどん昇りつめていく。

けれどそれは、とても怖いこと。

自分が、自分ではなくなりそうで。

「ほら、イッて」

「だ、だ、め……ぇ……！」

圧倒的な快楽から逃れようと必死に抵抗しても、頂《いただき》はすぐそこまで迫っていた。

「ドロシー」

「ぁ……！」

甘く囁かれて快楽の波が堰《せき》を切って決壊する。

刹那。

「あ――…………っ！」

びくん……っ！　と今までになく大きく腰を震わせて、ドロシーは極みへ昇りつめた。

思考は飽和したまま、弛緩《しかん》した身体で荒くなった吐息を整えていると、甘い笑みを浮かべたエリアスが顔を覗かせ、嬉しそうにキスを落としてくる。

「ん……っ」

ちゅ……っ、と、リップ音を立てながら頬にキスをされ、ふるりと身体が揺れた。

「……ドリィ」

なんだか困ったような苦笑いをこぼされて、ドロシーはまだとろん……、としたままの無防備な目を向ける。

「ごめん。ドリィの可愛い姿見てたら、オレもちょっと限界……、なんだけど」

それを主張するように内股へエリアスの硬くなったものを押し付けられて喉が引きつった。

こういった行為に疎いドロシーにだって、なんとなくその怒張の正体くらいはわかる。

「や……！　や、め……っ」

くるり、とうつ伏せにされ、ほとんど肌を隠す用途を成していない服がかろうじてひっかかっているような状態で、腰を高く上げられたドロシーは瞳を見開いた。

「だめ……っ、やだ……っ。それだけ、は……っ」

「挿《い》入れないから。脚、閉じてて」

「待……っ」

「大丈夫。ちゃんと気持ちよくしてあげる」

「……ひ……、ん……っ」

しっかりと閉じ合わされた脚の間。蜜口の敏感な部分へぬるりと触れてきた硬くて熱い異物の感触に、ドロシーはびくりと肩を震わせる。

「絶対に挿《い》れたりしないから。力抜いてて。オレに委ねてて」

「や……！」

ぐっ、と腰を掴み直されてびくりと内股が反応した。

脱力しきった身体は、そこから逃れようともがいても、エリアスの大きな手に掴まれてぴくりとも動かない。

「動くよ？」

ゆるく腰が引かれたのがわかって息を呑む。

その直後。

「あ……！」

ぐちゅり……！　と、少しだけ弾力を感じる屹立《きつりつ》に秘花を擦られ、喉の奥から甘い嬌声《こえ》が上がった。

ゆっくりと前後に揺さぶられ、エリアスの腰が打ち付けられる度に、まるで肺から押し出されるように喉の奥から甲高い嬌声が響いていく。

「あ……っ、ぁ、や……っ、ぁ、ん……っ、ぁ、あ……っ」

脚の間でエリアスの熱い脈動を抜き差しされる度にくちゅくちゅという淫らな水音が鳴り響き、それと同時にぞくぞくとした快楽が背筋を上ってくるのに恐怖する。

「あぁ、いいな……っ。こうやって擦れてるだけで気持ちいい……っ」

「あ……っ、ゃ、あ、あ……っ、ん……」

「これでドロシーの胎内《ナカ》に挿入《はい》ったらどれだけイイんだろう……っ」

律動を速めながら洩らされる荒い声に、びくりと身体が反応する。

「……そんな怯えた表情《かお》しないでよ。そんなことしないから」

「あ……っ」

「安心して感じてて」

屹立が擦れる度に、開いたまま閉じることを忘れた秘花は次から次へと蜜を溢す。

「……ドロシー。気持ちいい？」

「ん……っ」

伸ばされたエリアスの手に振り向かされ、苦しい体勢で唇を塞がれる。

嬌声はエリアスの口の中へと呑み込まれ、舌と舌とが絡み合う深いキスに、互いの唾液が行き交うくちゅくちゅとした卑猥な音が脳へ響く。

口づけと口づけの間に甘く微笑《わら》い、脚の間に伸びてきたエリアスの指先に熟れきった陰核を撫でられ、腰が大きく跳ね上がった。

「ココ、弄られるの好きでしょう？」

「や……っ、ゃ、あ……！」

生理的な涙が次から次へと溢れ、がくがくと腰が揺れる。

「オレも……っ、いい……っ」

「ぁ、ぁあ……！」

一層激しくなった腰の動きに翻弄され、成す術もなく昇りつめていく。

「あっ、あ……っ、ぁあ……っ、ん……！」

「好きだよ、ドロシー」

そっと落とされる優しい言葉にまた腰が跳ね上がった。

「ゃ……っ、ぁ、あ……っ」

「オレで塗りつぶしてあげる」

それは、エリアスの独占欲の表れか。

「一緒にイこう」

「……あ……！」

腰を突く動きに合わせるように陰核をくちゅくちゅと刺激され、エリアスの思うままに啼かされる。

「……出る……っ」

「や……っ、ぁああ……っ！」

脚の間でエリアスの熱い飛沫《しぶき》を感じながら、ドロシーも訪れた絶頂に甲高く甘い悲鳴を響かせていた。

第六話　晴天、ときどき飴

「酷い……っ」

「うん。ごめん」

「……こんな……っ、無理矢理……っ」

ぽろぽろと涙を溢《こぼ》しながら怒るドロシーを、エリアスはぐずる子供を宥《なだ》めるような優しさで、抱き締め、髪を撫《な》で、眦《まなじり》や額にキスを落とす。

「……でも、めちゃくちゃ感じてたくせに」

そこで、ふいに拗《す》ねたような声色で洩《も》らされ、ドロシーは真っ赤になって言葉を失った。

「な……っ？」

「真っ赤になっちゃって、本当に可愛い」

くす、と楽しそうに微笑《わら》い、また一つ額へキスを落とされる。

耳元に移った唇が意味深な笑みを刻み、官能をくすぐるような甘い低音が注がれる。

「もう一回、する？」

途端我に返ったドロシーは、このままここにいては危険だと、ジタバタとエリアスの腕の中で暴れ出す。

「もう、離し……っ」

「怒らないでよ。今日はもうなにもしないから」

今日は。

不穏な言い回しは、とても聞き逃せるものではない。

「帰る……！」

懸命に押し返してもぴくりともしない胸元の下に、硬い筋肉の存在を感じて悔しくなる。

そんなささやかな抵抗ににこにこと笑いながらも、ドロシーを閉じ込めた腕の力は全く緩むことはなく、そこから抜け出そうともがく姿さえ愛おしいとばかりの視線が向けられる。

「あー……、でも、オレのでぐちゃぐちゃになったドロシー、ヤバすぎる……」

衣類がほとんどその用途を成していない自分の姿を思い出し、ドロシーはこれ以上ないほど大きく目を見開くと、声にならない悲鳴を呑《の》み込んだ。

「や……っ、見な……っ、えっち……っっ！」

「〝えっち〟って……」

なにを今さら、と目を丸くするエリアスに、腕の力が緩んだ隙をついて、ドロシーは慌てて服を掻き合わせるとその視線から逃れるように身を捻る。

正常な思考回路を取り戻し、よくよく意識してみれば、脚の間は気持ち悪いほどに濡れていて、見たくもないのに視界に入ってしまった腹部は、白濁したエリアスの欲望の残滓《ざんし》で汚れていた。

なんだか、とても青臭い嫌な匂いもする。

「＊＊＊＊」

慌てて魔法の杖《つえ》を探り出すと浄化の呪文を口にして、軽く手を一振りすれば。

「浄化魔法ってホント便利だよな……」

白魔法が普通に使えたことにホッと安堵《あんど》の吐息を溢すドロシーの一方で、エリアスは
「オレとしてはちょっと寂しい気もするけど」と、情事の痕跡が綺麗《きれい》に消えてしまった状況に、残念そうな呟きを洩らす。

「そんな怒《おこ》らないでよ。部屋まで送るから」

眉を吊《つ》り上げたドロシーに苦笑して、エリアスは三つ編みのほどけた長い髪を優しく撫で下ろしてくる。

優秀なドロシーはすでに浄化魔法を覚えていても、高等魔法である治癒魔法はまだ使えない。つまり、ある種の〝鬱血《ケガ》〟でしかないキスマークを消すことはできずに、それが悔しくて堪らない。

「結構です……！」

服を着込みながら警戒の眼差しを向ければ、エリアスは信用ないなと笑いながら申し訳なさそうに眉を下げる。

「あんな目に遭わされたのに、そんなわけにいかないでしょ」

その言葉に動揺する。

「送らせて？」

一瞬背筋に走った寒気は、とても忘れることのできない恐怖からの怯えだ。

「ドロシーをこんな目に遭わせたヤツらには、きっちり代償を払わせるから」

そこで、エリアスはふいに真面目な顔になり、柔らかな空気の中に仄《ほの》かな殺意さえ感じる姿に、ドロシーは知らず息をつめる。

「二度とこんな目には遭わせない」

ドロシーの髪に触れる手も微笑みも優しいものなのに、瞳の奥だけは怒りで紫電の炎が燃え滾《たぎ》る。

――許さない。

そんな声なき声が聞こえ、内に秘める圧倒的な力を感じ、ドロシーの背中にはたらりと汗が流れた。

「オレが、守ってみせる」

――『大きくなったら騎士になって、ドリィを守れるくらい強くなって』

その瞳は、いつかの小さな男の子と重なって。

「守るから」

昔した口約束を、今、ここで果たすからとエリアスが告げてくる。

その時胸に湧いた想いをどう言葉にしていいかわからずに、ドロシーはただ黙ってエリアスの顔を見つめていた。

次の日。数人の生徒たちから退学願が出されたと、風の噂《うわさ》で耳にした。

その理由まではわからない。ただ、エリアスの怒りを買って、という上手く情報操作された話だけが水面下でひそひそとまことしやかに囁《ささや》かれているようで、結果、ドロシーへの嫌がらせはぴたりと止んだ。

とはいえ、その扱いは腫れ物にでも触るかのように、ドロシーを遠巻きから眺めるようなもので、やはり積極的に話しかけてこようとする者は誰もいない。それでもドロシーにとっては、充分平穏な生活になったと評価できるものだった。

「本当に毎日毎日、ドロシーは努力家だよね」

放課後。しばらく前に連れてこられた、王宮の一角だという緑の広がる場所で、ぶつぶつと呪文を唱えては魔法の練習をしているドロシーに、エリアスが呆《あき》れたような感心したかのような吐息を洩らした。

あれ以来すっかり過保護になったエリアスは、寮への送り迎えのみならず、昼食の時間は当然として、ドロシーの放課後の自主練習にまで付き合うようになっていた。

今まで通り校舎裏で練習しようとしていたドロシーを、無理矢理この場に連れ去ったのはエリアスだ。最初こそ王宮の敷地内などとんでもないと身震いしていたドロシーだったたが、あの秘密基地のあった場所と似ているということもあって、数日たった今はすっかり慣れてしまっていた。

「そんなに魔女になりたい？」

自分は木陰で小難しそうな本を広げながら、溜《た》め息混じりの疑問符を投げてくる。エリアスは非常に優秀で、ドロシーが思わず頭を悩ませてしまう難解な魔法書を、その度に覗《のぞ》き込んでは丁寧に解説してくれるのだ。そのわかりやすさといったら、つい気を許しかけてしまいたくなるほど。

「オレのお嫁さんになるよりも？」

「そんなの、当・然！　でしょう！」

本気で理解できないという丸い目を向けられて、一瞬意味がわからず言葉を失ってしまったドロシーだが、次の瞬間にはきっぱりと主張する。

「そっ、か」

なぜかあっさりドロシーの主張を受け入れて、エリアスは小さく肩を落とす。

「まぁ、オレも、結婚とか考えたことないし」

――やはり、究極の遊び人だ。

ぽつりと洩らされた発言に、ドロシーは改めて絆されてはならないと肝を据える。

手を出すだけ出しておいて責任を取るつもりはないなど、そこら辺の家畜以下……、否、比べてしまった家畜にも申し訳ない。

「そろそろ帰る？　送るよ」

夏を迎えた今、まだ充分辺りは明るいが……。

それに素直に頷《うなず》いてしまったドロシーは、激しく後悔することになるのだった。


「ここ、どこ⁉」

エリアスの転移魔法で繋《つな》がった場所は、見たこともない広い部屋の中だった。

大きな出窓に重厚なドレープのカーテン。全体的に蒼《あお》と白と木目調の落ち着いた雰囲気ではあるが、所々に金縁が光る、どこからどう見ても高貴な部屋。

豪奢《ごうしゃ》すぎないシンプルな調度品の数々は、ドロシーの目から見てもすぐに高価なものだとわかる。

「オレの部屋」

奥には大きな寝台もある部屋の中央で、ドロシーは驚きを露わにする。

「なんで……！」

「それはもちろん、えっちなことするために決まってるでしょ？」

「な……⁉」

悪びれもせずさらりと言われた言葉に、一瞬聞き間違いかと己の耳を疑った。

まさか……と胸に湧いた警戒心から、じりじりと距離を取ろうとするドロシーへ、エリアスは不貞腐れたような目を向けてくる。

「ずーっとお預け状態だったオレの精神状態を察してよ」

「〝おあず〟……!?」

「好きな子と二人きりなのに手を出せないなんて、拷問だよ」

なんだかいろいろと理解できない単語が並びすぎて、開いた口が塞がらない。

この男は、一体なにを言っているのだろう。

「だから……っ、私は魔女に……！」

なんとか絞り出せた言葉はそれだけで、少しずつ後方へ下がっていくドロシーを、エリアスは甘やかな笑顔で追いつめてくる。

「だから、純潔さえ奪わなければいいんでしょ？　挿入《い》れなくても気持ちよくなれる、って、ドロシーも身をもって知ったくせに」

意味深な瞳でくすりと微笑《わら》いながら伸ばされる手に、ドロシーは焦燥とも恐れともつかない表情で目を見開いた。

「や、やだ……！　もう、あんなことしない……！　エリアスとはっ、〝友人〟だって……！」

けれど、その手を拒むように首を振るドロシーを、エリアスは有無を言わせない力で抱き寄せてくる。

「エリア……ッ」

「魔女だって〝女〟だ。女に生まれたからには、愛される悦びくらい知ったっていいだろ？」

「や……っ」

そっと官能を刺激する囁きを落とされて、ドロシーはふるりと肩を震わせる。

「気持ちよくなることに罪悪感なんて覚えなくていいよ」

ちゅ……っ、と、ドロシーの耳の後ろ辺りへ、エリアスの形良い唇が吸い付いた。

それにぞくりと身を跳ねさせて、ドロシーはエリアスの胸の中に捕えられた。

第七話　黄昏は疾風迅雷に

（私も私よ……！）

ドロシーは頭を抱えて苦悩していた。

無理矢理ドロシーの肌を暴いたのはエリアスだ。だが、本気で抵抗しようと思えばできたはずなのだ。それができないのは……。

（いい加減、もう本気で離れなくちゃ……！）

決意して、ぐっと唇を噛《か》み締める。

友人関係でよければ、と言った条件を破ったのはエリアスだ。

もう、傍にいたらいけない。

これ以上は、とても危険。

本能のようなものが、ドロシーにそう告げている。

——今ならまだ……、ぎりぎり間に合うから。

「どうしたの？」

そこでふいに声をかけられ、ドロシーは慌てて顔を上げた。

「疲れた？」

「いえっ」

ここは、王宮の一角。すぐ傍には、不思議そうに首を傾げる子供っぽい仕草さえ魅力になってしまう、美しい女性の姿がある。

そう、ドロシーは、今日、初めて〝弟子〟としてディアナの元を訪れていた。

そのほとんどが傍にいてディアナのすることを見守っているだけだったが、それでも充分勉強になったと思う。やはり、教本の上だけの知識と実地はまるで違う。

実際に宮廷一の魔女が魔法を紡ぎ出す姿を傍で見れば、それは自然と感嘆の吐息が洩《も》れてしまうほど繊細で美しいものだった。

だが。

「さっきから、顔を赤くしたり青くしたり」

「い、いえっ、大丈夫、です……！」

気がつけば思考の隙間で違うことを考えてしまっていて、ドロシーはそれらを振り切るように首を振る。

「そう？　それならいいけど……」

そんなドロシーの不審な否定に、ディアナは微妙に納得いかなそうな表情《かお》をしながらも、それ以上深入りしてくることはなくて安心する。

「今日は疲れたでしょうから、部屋に戻ったらお茶でも淹《い》れるわね」

今は、広大な王宮内の一角にあるディアナの私室に向かっているところだった。戻ったら少し休みましょうと、にっこりと微笑みかけてくるディアナに、ドロシーは慌てて顔を上げる。

「あ……っ、それは私が……！」

天下の宮廷魔女の手を煩わせるなどとんでもない。それは、新米弟子であるドロシーの役目だろう。

「じゃあ、今日は一緒に淹れましょうか。疲れの取れるおまじないを込める方法を教えてあげる」

「本当ですか……⁉」

茶目っ気たっぷりの瞳でウィンクを投げられて、ドロシーは顔を輝かせた。

ディアナは優秀で綺麗《きれい》で性格も良く、非の打ち所が全くない。本当に、どこまで素晴らしい女性なのだろうと、ドロシーはますます羨望の眼差しを強くする。

そうして招かれたディアナの部屋は、ドロシーの実家が丸々収まってしまいそうなほど大きなもので、思わず口元がひきつってしまう。

広いリビングダイニングで湯を沸かし、教わったおまじないをかけながらお茶を淹れる。

マグカップで揺らぐ琥珀《こはく》色の液体は、一見なんの変化も見えなかったが、口に含んでみると身体だけでなく頭まですっきりと癒されていくようだった。

（さすがディアナ様……！）

感動できらきらと瞳を輝かせ、次の一口はよく味わうように口に含む。

こくん、と小さく喉が鳴り、お茶の温かさと共に癒しの力が身体中に染み渡る。

（私も、いつか……！）

今回は、ディアナにサポートされながらなんとか成功させたようなものだけれど、そのうち一人でもこの〝おまじない〟がかけられるようにと、ドロシーは新たな決意を胸に刻む。

――やっぱりドロシーは、魔女になりたい。

「そういえば、変な噂《うわさ》を耳にしたんだけど」

「どんな、ですか？」

豪奢《ごうしゃ》なテーブルセットの斜め前に座ったディアナから、ふと眉を顰《ひそ》めた顔を向けられ、ドロシーはきょとん、と首を傾げて目を瞬かせる。

「貴女のよ」

「私……!?」

思いもよらない返答に、ドロシーはすっとんきょうな声を上げる。

「違うの？」

「違う、って……、なんの話ですか……？」

謎の噂に心当たりがないわけではないのだが、漠然としすぎたディアナの問いかけにはどう答えを返したらいいのかわからない。

そして。

「エリアス様と、お付き合いしてる、って……」

その瞬間、ドロシーはぶ……っ、と口に含んだものを吹き出しそうになった。

「誤解です……！」

よく堪《こら》えたと己のことを誉め称えつつ、それでもコホコホと咳《せ》き込みながら必死で否定する。

昼休みをドロシーと過ごすようになったエリアスのことは、恐らく学園中の者が知っていることだろう。今までふらふらと遊び歩いていたエリアスのその行動は、そんな誤解を受けてしまったとしても仕方のないことだとは思う。そのことに対し、多少の自覚と罪悪感のようなものはあるけれど。

「そう。ならよかったわ」

心から安堵《あんど》している様子が窺《うかが》えるディアナの深い吐息に、ドロシーの胸へはざわりとした緊張感が広がった。

「魔女に恋愛は御法度。それくらいのことは貴女も知っているでしょう？」

真剣に向けられる真っ直ぐな視線に、思わず後方へ身を引いてしまいたくなるのはなぜだろうか。

「そんな誤解を受けるような距離にいたらダメよ。離れなさい」

「……はい。そのつもりです」

憧れの人からの思わぬ警告に、少なからず動揺していることを自覚する。

エリアスとの友人関係を知って、複雑な思いを抱かせてしまうようなことはあったとしても、こんなふうにハッキリと離別するように言い渡されるとは思ってもいなかった。

それが、思いの外衝撃で……。ショックを受けている自分にさらに打ちのめされる。

「わかっているならいいの」

いつものディアナからは信じがたい、厳しい声色と瞳がドロシーを射貫いてくる。

「貴女は、私の元で魔女になるんでしょう？」

強い口調で確認され、ドロシーはこくりと小さく息を呑《の》む。

「……はい」

「それに……」

なにかを言おうとして悩んでいるような、奇妙な間が部屋に落ちる。ディアナは視線を落とし、きゅっと唇を噛み締めて。

「エリアス様だけは絶対にダメ」

「――……え？」

だけ、とはなんだろうと、そんな冷静な突っ込みをしながらも、ドロシーは心音がバクバクと嫌な鼓動を刻んでいくのを感じた。

――これから自分は、なにかとんでもないことを聞かされる気がする。

そんな予感を覚えれば、まだ自分には荷が重いと、その場から逃げ出したくなった。

「これは、国の最高機関《トップ》と宮廷魔女だけしか知らない最高機密だけれど」

神妙な面持ちで口を開くディアナへ、ならば結構ですと全力で遠慮したくなってくる。

ドロシーはただの魔女見習い。

そんなことを知っていいはずはないし、知りたいとも思わない。

だから。

「貴女にだけは特別に教えておいてあげるわ」

――知りたくない。

――聞きたくない。

本能がそう告げる。

けれど、現実は無情なもの。

「魔女が、なんのために存在しているか知っている？」

「なんの、ために……？」

「魔女は、厄災を防ぐためにいる」

――千年に一度の厄災が訪れる時、聖なる乙女は大魔女として目を覚ます――。

その言い伝えから想像するに、確かに歴代の大魔女たちは、〝厄災〟と呼ばれるものから人々を守ってきたのだろう。そう考えた時には、ディアナのその答えは確かに正しいものと言える。

そう、懸命に自分を納得させようとしながらも、嫌な心音は大きくなるばかりで止む気配はない。

「厄災、って、一体なんなんですか？」

勝手に震える唇で、なんとか疑問を紡ぎ出す。

厄災、と言われているものが具体的になんなのか、今まで気に留めたりはしなかった。

――だって。それは〝伝説〟で。ドロシーの棲《す》む世界とは違う場所にあるものだと信じて疑っていなかったから。

「厄災は厄災よ」

ディアナは、ただ淡々と口にする。

その時々により、〝厄災〟は地震だったり噴火だったりと、形を変えて人々へ襲いかかってくる。それが、もう三千年も五千年も人々が脅かされることなくいられるのは、陰で魔女たちが命がけで力を尽くしていたからだ。

人々はそれを知らず、平穏な日々が明日も明後日も変わらず続いていくことを信じている。

そんな弱く幸せな人々を守るために。魔女たちは日々己の魔力《ちから》を磨いているのだという。

「残酷なことを言うかもしれないけれど、エリアス様のことは忘れなさい」

けれど、どうしてそれがエリアスに繋《つな》がるのだろう。

「今回の厄災はわかっているの」

ドクン……！　と、心臓が跳ね上がる。

「――……エリアス様よ」

その瞬間、脳が冷えて気を失いそうになった。

――〝厄災〟？

それが、人の形を成して。

目の前のディアナの唇が、酷くゆっくり言葉を放つ。

「私たち今世の魔女は、あの子を殺すために存在しているの」


その後、ディアナとなにを話し、どうやって寮の自室に戻ってきたのか記憶がない。

（……エリアス、が……？）

厄災の化身、だとディアナに告げられた。

厄災なるものが、地震や噴火といった天変地異であればまだわかる。それが、人間としての形を成しているのはどういうことか。

そこまでは、さすがに最高機密だと言って教えて貰《もら》えなかった。

ただ、時がきた時には、エリアスを滅ぼすのだと。

そのために、ディアナたち宮廷魔女は、日々魔力を磨いているのだと言っていた。

――伝説の、大魔女は現れていない。

〝一番目の魔女〟であるディアナは、大魔女としてその能力を開花させることを願い、ずっと努力を重ねてきたという。

(大魔女なら、エリアスを助けられる……?)

――千年に一度の厄災が訪れる時、聖なる乙女は大魔女として目を覚ます――。

それが、ドロシーの知る大魔女の伝説だ。

『大魔女は現れるわ。必ずね』

あの時耳にした、マーガリーの言葉が甦《よみがえ》る。

『――――必ず、殺してみせます』

では、その言葉の意味は?

エリアスが厄災そのものだというのなら、自分を滅ぼす魔女の存在は敵ということになる。

――だから、「殺す」?

自分を破滅の危機に陥れる存在を消すために、大魔女を見つけ出して殺すと言っていたのだろうか。

なんとなく、マーガリーはエリアスの味方のような気がした。

けれど、あの時のマーガリーの咎《とが》めるような声は、厄災であるエリアスの好きにはさせないと、そう責めていたのだろうか。

――わからない。わからない。

考えれば考えるほど思考の渦に埋もれていって、なにもかもを見失ってしまう。

こんな時こそ、しっかりしなければと思うのに。

（エリアス《本人》に聞いたら答えてくれる……？）

断片的な情報を勝手に組み合わせた結果、とんでもない誤った答えを導き出してしまうようなことがあってはならない。

動揺と混乱に襲われた頭の中で、それだけは冷静に判断し、ドロシーの瞳は不安げに揺らいだ。

（怖い……）

今すぐ会って真実を確かめたいと思うのに、最悪の答えを聞かされたらと思うと怖くなる。

（でも……）

『守るから』

幼い頃のあの約束だけは、嘘《うそ》ではないと思うから。

その時の想いが、今この時まで変わらずにいてくれることだけを願って——。

「あ……！」

がちゃり……っ、と、外から扉が閉められて、施錠までされた音を聞いて愕然《がくぜん》とした。

ここしばらくこういった嫌がらせを受けることはなくなっていたから、完全に油断してしまっていた。

使った教材を物品庫に戻して欲しいと頼んできたのは教師だが、さすがに共犯ではないだろう。たまたま、ドロシーが物品庫に向かうことを聞いていて、誰かが後を追ってきたに違いない。

（でも、鍵……）

あぁ、そうか。と、そこで合点がいく。ドロシーがこの部屋の扉を開けた時には施錠をされていない状態だったが、帰る時のための鍵は渡されていなかった。恐らくは、鍵を渡し忘れたと慌てる教師に、自分が代わりに届けますとでも言ったのだろう。

そして、チャンスとばかりにドロシーを閉じ込めた。

いくらエリアスの報復が恐ろしくても、気づかれなければいいと考える者もいるだろう。外から鍵をかけるくらい、中に人がいたことに気づかなかったなどと言い訳はいくらでもできる。

解錠の魔法は存在するが、高度魔法すぎてドロシーには使えない。

（どう、しよう……）

ドロシーの部屋より遙《はる》かに広い室内を見回して、深く疲れた吐息を洩らす。

正直今日は体も精神も酷く疲弊していて、寝不足と頭痛から食べ物もろくに喉を通らずにいた。

（声を上げ続ければ、誰か通った時に気づいてくれるかしら……？）

そうは思っても、ずっと声を出し続けるのは体力的にキツイものがあるし、ここは普段生徒たちが使う教室からは離れた場所にある。放課後となった今、前の廊下を誰かが通ってくれるとも思えない。

（それに、助けてくれるかもわからないし）

見つけてくれたのが教師ならばいいが、それこそエリアスに片思いする女子生徒の誰かだったなら、いい気味だと気づかなかったふりをされそうだ。

この状況は、絶望的。

不幸中の幸いとして、物品庫であるここにはいろいろなものが揃《そろ》っていて、一晩を過ごすくらいのことはできそうだということだ。唯一、美味しいご飯がないことだけが悲しいけれど。

明日になれば、教師の誰かがなにかしらの用があってここへ足を運ぶだろう。

（却って、考え事をするにはちょうど良かったかも……）

使われなくなったソファの仮置き場だろうか。この学園の備品だけあって、かなり上等なソファに腰を下ろし、ドロシーはまた一つ溜《た》め息をつく。

陰湿な空気が漂うでもなく、清掃が行き届いた綺麗な室内は、それでも物品庫というだけのことはあり、使い道のよくわからないものもたくさん置かれている。

寮の自分の部屋でうだうだと考えているのとなにも変わりはしないが、湯浴みも食事もなにもできないこの状況は、ただただ思考に没頭することだけしかできなくてありがたくも思ってしまう。

考えて考えて考えて……。脳が限界に達したら、そのまま深く寝落ちもできるだろう。

むしろ、もう、なにも考えたくなくて、ドロシーはソファにぽすん、と身体を横たえて——。

「……?」

そこで、同じ室内の離れた場所に人の気配を感じた気がして、静かに身体を起こした。

「誰か、いるんですか……?」

さすがに少しばかり警戒しつつ、そっと棚の向こう側へ声をかける。

(気のせい?)

応答は、ない。

けれど、よくよく耳を澄ませてみれば、どこか苦しそうな吐息が聞こえてくる気がした。

「あの……っ」

戸棚の裏へ顔を覗《のぞ》かせても誰もいない。

そこにはやはり、棚を埋め尽くすほどの物品の山が並べられているだけ。

けれど。

「………は、……っ」

苦し気な吐息は、ドロシーの足元から聞こえてきた。

「え……っ？」

完全に死角だった、床に倒れた人物の姿を見て目を見開く。

そこに倒れ込み、苦しそうに胸元を押さえて綺麗な横顔を苦痛に歪《ゆが》ませていたのは――。

「エリアス……ッ⁉」

ただならぬ気配に、ドロシーの心音は一気に跳ね上がる。

「……く……っ……」

心臓でも痛むのか、胸元を摑《つか》んだエリアスは、身体を小刻みに震わせていた。

「エリアスッ、どうしたの⁉」

しゃがみこみ、声をかければ、その瞳はうっすらと開かれて、ドロシーの姿を映し込む。

「ドロ、シー……？　どうして、君が、ここ、に……？」

「大丈夫⁉」

苦しそうな様子は変わらないものの、その視線がしっかりと自分を捉えていることにほっとして、思わず涙が溢《あふ》れそうになった。

「……幻……？」

「なに言ってるの……！」

エリアスの身に、一体なにが起こっているのか。

「っ……」

「エリアス……！」

再び苦痛に歪んだ顔に、ドロシーは反射的に辺りを見回すが、そこにはもちろん誰もいない。

「誰か……っ」

助けを求めて声を上げかけ、そこでハッと気づいてエリアスに視線を戻す。

「エリアスッ、鍵……！　鍵はどこ……!?」

ドロシーがこの部屋に来た時、扉に鍵はかけられていなかった。単純に教師が鍵をかけ忘れたのかと思っていたが、実際はそうではなく、先客——エリアスがいたからだろう。

だから、ドロシーをここに閉じ込めた誰かは鍵を託されていたのだ。

「か、ぎ……？」

「そう！　外から鍵をかけられて出られなくなって……」

やっとの思いで上げられる瞳に、ドロシーは泣きそうになりながら強調する。

先にエリアスが来ていたということは、スペアキーかなにかを持っているということだろう。

だが。

「……鍵、なんて……、持って、ない……」

「なに、言って……」

「……なくても、開けられるから」

消え入るような声で返された答えに、ドロシーは愕然と目を見開いた。

「解錠……、魔法……」

一般的に、犯罪行為に使えそうな魔法は、人間の本能がそうするのか、かなりの高度魔法となっている。そのため、使える者はごく僅か。その、ほとんどいない人間の中に、エリアスは入っている。

「今……」

こんな状態で魔法が使えるはずもない。それがわかりつつも問いかければ、エリアスは苦しげに自嘲した。

「……無理、かな……」

ドロシーはすぐに踵《きびす》を返すと出入口の方へ走り出し、ドンドンと頑丈な扉を叩《たた》き鳴らす。

「誰かいませんか！　誰か、助けて……！　ここにいます……！」

確か、あの日もこんな気持ちだった。

助けを求めて叫んで泣いて。

誰か来て。死なないで。と、必死に祈っていた。

ただ、あの日と違うのは。誰も助けに来てはくれないこと。

「お願い……！　誰か、聞こえませんか……！」

未熟な自分に泣きたくなる。

ドロシーが魔女になりたいと思ったきっかけは、あの日、こんな思いを二度としたくないと思ったからなのに。

ドロシーには、なにもできない。

ただ、苦しむエリアスを眺めているだけ。

「ドロ、シー……」

空気を掠《かす》めるような呼び声が聞こえ、ドロシーは今にも泣きそうな顔で振り返る。

「……ちょっ、と……」

「なに⁉」

弱々しい瞳で傍に呼ばれ、ドロシーは慌てて駆け寄ると膝をつく。

「どこか悪いの⁉　治す方法は⁉」

「治す、方法……」

「あるの⁉」

もしこれが持病かなにかなら、常備薬か対症療法があるのかもしれない。そんなことを思いながらエリアスの顔を覗き込めば、ゆっくりと手が伸ばされて、優しい仕草でドロシーの頬を撫《な》でてくる。

「ない、わけじゃない、けど……」

「薬かなにか⁉　なにをすれば……っ」

その手に自分の手を重ね、今にも泣きそうなほど懸命に縋《すが》るドロシーに、なぜかエリアスは苦し気な表情の中でくすりと可笑しそうに微笑《わら》う。

「……協力、してくれる？」

「当たり前でしょ……！　なにをしたら!?」

そんなふうに必死なドロシーへ、エリアスは顔を歪めながらも少しだけ身体を起こし、無理をさせまいとその身体を支えるように前のめりになったドロシーの瞳に、近すぎてピントの合わないエリアスの顔が映り込む。

「ん……!?　んんん……っ」

重なった唇はすぐに割り開かれ、なまあたたかなエリアスの舌が潜り込んでくる。

「んぅ……!?　んん……！　ふ……っ、んぅ……っ、んん……！」

まるで呼吸を奪い取るかのように激しく貪られ、酸欠の苦しさから涙が滲《にじ》み、頭の奥まで熱が籠る。

なぜ、こんな場面で自分はエリアスに襲われているのだろう。

「は……っ、ぁ……っ」

どのくらい貪られていたのか、ゆっくり離れた唇から銀糸が引く頃には、ドロシーは完全に息が上がり、脱力してしまっていた。

「……やっぱりドロシーの魔力は極上に甘くて美味しいなぁ……」

はぁ……、と深く苦し気な吐息を洩らしながら、ペロリと自分の唇を舐《な》め取るエリアスの仕草は酷く淫猥《いんわい》で、その瞳は獲物を見定めた獣のようにギラギラとした欲の色を光らせる。

「なに、を、言って……？」

それに、ぞくり、と背筋が震えた気がするのは、恐れか、期待か。

「最期にドロシーに会えるなんて……、やっぱり普段の行いがいいせい？」

「…………は、い……？」

けれど一転、今度はにこりと笑われて、ちぐはぐなエリアスの言動に混乱する。

——普段の行い？

どう考えても、どこがいいのかわからない。

（…………最期……？）

サイゴ、とは一体なんだろうと、嫌な予感を覚えて思考が停止する。

「でもごめん……。ドロシーはこんなところに居合わせたくなかったよね」

辛そうな表情は変わらないながら、それでも少しだけ回復した様子でエリアスは自嘲気味に苦笑する。その、ドロシーを気遣うような、本当に申し訳なさそうな言葉の意味がわからない。

「大丈夫だよ。もうすぐ宮廷魔女たちが助けてくれるから」

なぜ、ここに、わざわざ宮廷魔女が来るというのだろう。しかも、その話し方からすると複数人。

「誕生日《ハタチ》までもう少しあるんだけどなぁ……。まぁ、仕方ないよね。これでも充分耐えたと思うし」

そういえば、エリアスがドロシーに提示した恋人ごっこの期限は誕生日までだった。そここにもなにか意味があったのか。

ばらばらのパズルのピースを一つずつ渡されているかのような感覚に、ドロシーの胸には酷い焦燥感が湧いてくる。

「なにを……、言って……？」

「この身体はもうもたなそうだから」

くすり、と微笑《わら》うエリアスには、嫌な予感しかしない。

「エリアスッ⁉」

ドクドクと身体中の血流が激しく鼓動を打つというのに、当の本人はあっけらかんとしていて、なにがなんだかわからない。

「覚悟はしてたけど、もう少し生きたかったかなぁ……？」

――〝生きたい〟。

具体的な願望に、頭がすぅ……っ、と冷えていく。

「エリアスッ」

「まぁ、仕方ない、か」

もはやエリアスの耳に、ドロシーの声など届いていない。

勝手に完結させて勝手に決めているエリアスの物言いに、ドロシーはぐっ、と痛いほど拳を握り締める。

「エリアス……ッ！」

今までの人生の中で、これほどの大声を出したことがあるだろうか。その呼びかけ一つで身体中の酸素を吐き出したのではないかと思うほどの叫びを上げれば、さすがのエリアスも驚いたようにドロシーの顔を見上げてくる。

「ド、ドロシー？」

「最期とかもたないとか、生きたいとかなに言ってるの……？」

エリアスの身になにが起こり、これからなにが起ころうとしているのか。

なにもわからなくて悔しくて。苦しくて涙が溢れてくる。

「そんなんじゃ、わからない……っ」

ついにくしゃりと顔を歪めて涙を溢したドロシーに、エリアスは小さく息を呑むと沈黙する。

「……ド、ロシー……」

そうしてこくりと喉を鳴らし、なにかを決意するように一度目を伏せた後、エリアスは酷く曖昧な笑みを浮かべていた。

「……オレが、他に好きな子がいるのに、好きでもない子を平気で抱けるようなヤツだと思ってた？」

「え？」

突然の告白に大きく見開いたドロシーの瞳からは、また一つ涙の雫《しずく》が零れ落ちた。

「期待させたら悪いから、これは一晩の遊びだって、きちんと理解してくれる子ばかりを選んでた。だから、同じ子は二度と相手にしなかった」

人生は一期一会。そう思ってその瞬間その瞬間を楽しむ刹那主義でいなければ、正気を保ってなどいられなかったとエリアスは告げてくる。

なぜなら、短いタイムリミットを知っていて、エリアスはそれを受け入れていたから。

「白魔法は魔女にしか使えない。女性って……、本当に神秘な存在だよね」

新たな命をその身に授かり、育てるという生命の神秘。その特性が白魔法を生み出すことを可能とする。

「実際に魔法が使えなくても、抱けば発作は起こらなくなるんだから」

「え？」

困ったように苦笑するエリアスの言葉に、ドロシーの瞳は大きく見開いた。

魔力そのものは、魔法が使えなくとも全ての人間の身の内に宿っているものだと言われている。それらの意味とエリアスの独白とがどう繋がってくるのかはわからないが、それでも一つだけわかったことはある。

——全ては、生きるために。

「……まだ、この身体を明け渡すわけにはいかなかったから」

そこまでして生に縋りつくことの意味ももうよくわからないけれどと言いながら、エリアスは遠い目をして自嘲する。

「だから、会いたくなかったんだ」

ぽつり、と呟《つぶや》いたエリアスの表情は、酷く苦しそうだった。

「もう、ドロシー以外、抱きたくない」

衝撃の告白に息がつまる。

エリアスの視線は、ドロシーから逸らされたまま。

「どんなに補強したって、どうせタイムリミットはすぐそこだ。それが少し早まっただけだ、っから……っ、……っ」

「エ、エリアス……ッ!?」

再び胸元を押さえて苦痛の表情を浮かべたエリアスに、ドロシーは咄嗟《とっさ》に手を伸ばす。

だが、エリアスはそれをそっと拒むと言葉とはとても不似合いな甘い微笑みを浮かべてくる。

「今ならもう、宮廷魔女が全員揃えば、恐らくオレを滅ぼせる」

「……な……にを……、言って……？」

魔女は、厄災から人々を守るために存在している。

そして、ディアナの話によれば、その〝厄災〟は目の前のエリアスだ。

ディアナたち宮廷魔女は、エリアスを殺すために日々己の魔力を磨いている——……。

「……っ」

「エ、リアス……？」

ふらふらと棚に頼りながら立ち上がり、どこかへ向かって歩き出そうとするエリアスを、ドロシーは慌てて追いかける。

「どこに行……」

「……まえ、に……っ、ここに、隠しておいた、んだよね」

それは、物品庫の奥の奥。

人の目につかないよう、まさに隠すようにして置いてあったものは、たくさんの魔法石が埋め込まれた長剣だった。

「これを、取り、に来た、ら、発作に、襲わ、れちゃって」

困ったように微笑むエリアスに、なぜかどんどん心臓の鼓動が速くなっていく。

「それ、は……、エリアス、の……？」

「一応、私、物」

エリアスは魔法騎士。ならば、魔力を込めることのできる特殊な剣を携えていてもおかしくない。けれど、学校にいる時のエリアスは、一学生としていつも剣を持ってはいなかった。

それがなぜ、ここに置かれているのかはわからない。ただ、これからエリアスがなにをしようとしているのかは。

「……ドロシー」

名前を呼ばれてハッと顔を上げる。

「あっち、行ってて」

「なに、を……、する、気で……」

ばくばくと、心臓が早鐘を打つ。

騎士の剣は、人を守るもの。

そして、それと同時に人の命を奪う凶器にもなる。

「暴走、する、前に……、少し、でも……っ、力を殺げたらな、って」

苦しい息の中、あっけらかん、と、まるでなんでもないことのようにエリアスは笑う。

「まぁ、ただの器に、は、あんま、り、意味ない、かも、しれな、いけど、ね」

「……それ、って……、どういう、……」

「大、丈夫。オレ、に異変、があれ、ば、す、ぐに宮、廷、魔女、たちが、動、くから」

シャラ、と耳元に下がる赤い宝石に触れ、これは一種の制御魔具だとエリアスは笑いかけてくる。エリアスに万が一のことがあれば、その魔具を通して宮廷魔女たちにそれが伝わるのだと。

「守る、って、約束、した」

柔らかな微笑みを前にこくりと喉が鳴る。

「この子、の、生きる世界、を、守るた、めなら、死ん、でもい、いな、って、思、った、んだ」

厄災は、人々を恐怖に陥れ、滅ぼさんとする存在。

その厄災から人々を――、好きな女の子を守るために。

「あっち、行って、て？　女の、子に、は、刺、激が、強、すぎる、から」

――厄災《エリアス》は、自らの滅びを望む。

『――――必ず、殺してみせます』

いつか聞いた、あの言葉。

あれは。

（自分のこと――――⁉）

「ね？」

困ったようにエリアスは微笑《わら》う。

その手には、美しくも恐ろしい長剣が握られていて、エリアスがなにをしようとしているのか、これからなにが起ころうとしているのかわからない。

けれど。

「……ドロ、シー」

子供を宥《なだ》めるような優しい瞳を向けられて、反射的に強く首を横に振る。

そのあまりの勢いに眼鏡が外れ、床に落ちた。

（どうしたら……！）

どうしたら。どうしたら、この人を助けられるのだろう。

閉じ込められた部屋からは出られない。

誰にも助けを求められない。

ドロシーにはなにもできない。
いつかのあの日と同じ。
自分を守って血を流して倒れるエリアスに、泣いて縋りつくだけ。
なにもできない。なにもできない。
こんな思いを二度としたくないと、そう思って魔女を目指したのに――。
……なにも、できない。
未熟なドロシーには、なに一つ。
――本当、に？
頭の中の誰かが問いかけてくる。
――本当に？　本当に、なにもできることはない？
今のエリアスを助ける方法。
――たった、一つだけ。
ただ、ドロシーの、身体が。心が。
取るべき答えを知っていたから。
「――抱いていいから………っっ‼」
――この人を、助けたいの。

第八話　瞬く星に祈りを込めて

無我夢中で叫んでから、自分がなにを口走ったのか理解して、ドロシーの顔は一気に沸騰した。

だが、今さら取り消すこともできなくて。

否、取り消そうとも思わない自分に驚いてしまう。

「ドロ、シー……？」

こちらも驚いたように見開いた瞳が、なにを言っているのだと言わんばかりに戸惑いに揺れた。

それは、エリアスの中にその選択肢がなかったことを如実に表していて、逆に泣きたくなった。

――ドロシー以外を抱きたくないと言ったのに。

他の女の子を抱くくらいなら発作を起こした方がマシだと言っていたくせに、肝心なところは考えていない。

今まで強引に、散々好き勝手にドロシーの肌を暴いてきたくせに、こんな時だけ怖じ気づいて。

バカじゃないの、と言いたくなる。

どうして、こんな時に限って遠慮するのか。

けれどその理由を、ドロシーはもうわかっている。

(本気で、私のこと……?)

なんの疑いもなくエリアスの心が信じられて、今になって突然恥ずかしくなってくる。

(好き、なんだ……?)

だったら、もういいや、と、すとん……っ、となにかが軽く胸に落ちた。

エリアスが、本当にドロシーのことを想ってくれているというのなら。

「最後まで。して、いいよ?」

恥ずかしそうにはにかんで、ドロシーは潤んだ瞳をちらりと上げる。

今、エリアスを助けられるのは自分だけ。

そして、仮に、もし、ここに他の女性がいたとして、自分がと名乗りを上げたとしたら、エリアスを助けるためとはいえ、自分はそれを許せただろうか。

「そうすれば、発作は治まるんでしょう?」

目元を染めてエリアスを見つめる大きな瞳は、誘っているような表情だったのかもしれない。

「ドロシーッ」

「ん……っ、んん……!?」

一瞬驚いたように目を見張ったエリアスにすぐに抱き寄せられ、驚く間もなく唇を塞がれた。

「んんん……!?　んっ、ん……、ん、ぅ……！」

まるで噛《か》みつかれているかのような、あまりの口づけの激しさに涙が滲《にじ》む。

舌を絡められ、溢《あふ》れた唾液ごと呼吸まで奪われる。それは、本当に、ドロシーの身の内から流れる生命力を余すことなく食い尽くさんとしているかのようだった。

「は……っ、んっ、んんぅ……!?」

呼吸がままならず、酸欠の苦しさに頭がぼーっとなって涙が滲む。

けれどそれが、エリアスの生命《いのち》を繋《つな》ぐ行為なのだと思えばなんの抵抗もなく受け入れられた。

それなのに。

「……ダメ、だよ」

は……、ぁ……っ、と。二人同時に大きな吐息を吐き出した後、少しだけ顔色の良くなったエリアスが複雑そうな表情で苦笑して、静かにドロシーを諭してくる。

「ドロシーは、魔女になるんだから」

今までだってエリアスは、その部分だけは尊重してくれていた。

「これからたくさんの人を助けて、たくさんの人の笑顔を守っていくんだから」

だからダメだと言って、エリアスはそっとドロシーの身体を遠ざける。

「どっちにしたってどうせあと少しの命の人間を、代償を払ってまで助けることなんてない」

これから先、たくさんの人の命や笑顔を守っていく愛しい人の未来をこんなところで奪えないと、エリアスは悲しそうに微笑《わら》う。

「……ドロシーは本当に優しいね。こんなオレのために魔女になる夢をなげうってまで処女を捧《ささ》げてくれようとするなんて」

切なげにドロシーを見つめてくる瞳が如実に語る。

エリアスの事情を知ってしまえば、見捨てることもできずに苦しむだろうドロシーのことを思い、ずっと口を閉ざしていたのだと。

「ありがとう。その気持ちだけで、オレはもう充ぶ……」

その瞬間、ドロシーの身体は勝手に動いていた。

「ドロ……!?」

ぐい……っ、と勢いよくエリアスの手を引けば、エリアスの身体はバランスを崩して前のめりになる。

「ん……！」

自然目の前に降りてきた唇に、ドロシーは口づける。

「ん……っ、ん……」

拙いながらも、少ない経験を真似してエリアスの舌を絡め取り、呼吸が苦しくなった頃に静かに唇を解放して。

「どうすればその気になるの？　脱げばいい？　それとも脱がせればいいの？」

潤んだままの瞳を見上げ、ドロシーは片手で自分の服のボタンを外しながらエリアスの方へも手を伸ばす。

「ちょ……っ、ドロシー……!?」

恥ずかしさなど感じる余裕もなく、ただその行為のためにエリアスの太股辺りをまさぐった。

「うわっ、どこ触っててっ」

「大きくすれば、いいのよね？」

脚の間。ドロシーとは作りの違うそこは、ズボンの上からでも男性である証を感じられる。

「だ、だから……っ、ドロ、シー!?」

あたふたと慌てるエリアスなど無視して、自分の服の前ボタンを全て外し終えたドロシーは、その場にしゃがみこむと本格的にエリアスのズボンを脱がしにかかる。

「待……っ、ドロシー！　なに考えてっ」

「私が待ってほしいと言って、貴方が待ってくれたこと、ありますか？」

「ないっ、です……」

ジトリ、とした恨めしげな目を向けたドロシーに、エリアスは一瞬子供のようにしゅんとなる。

「だったら、」

「違……っ、そうじゃなくて！　自分がなにしようとしてるかわかって……」

「決まってるじゃない……っっ！」

涙さえ浮かべながら叫んだドロシーの大声に、エリアスの喉がこくりと動いた。

「……死なないで」

「ドロ……」

「私のために、死ぬなんて言わないで……。その勇気があるのなら、最後の最後まで足掻《あが》いてみせて……っ」

エリアスのズボンを摑《つか》んだ指先は震え、頰に伝う涙を拭うことなく、ドリシーは消え入るような声色で言葉を紡ぐ。

「私のために、生きてみせてよ……」

死ぬ勇気ではなく、最後まで足掻く往生際の悪さを。

「そのためなら、いくらだって抱かれてあげる」

もし、ドロシーを抱くことで生き長らえることができるというのなら好きなだけ。

「ううん……。抱いて？」

エリアスのためでなく、ドロシーのために。

「あと少しなんて知らない……っ。そんなの関係ない……！」

どうせもうすぐ散る命だから、それが今になっても構わないなんて許さない。

「お願いだから足掻いてよ！　可能性が少しでもあるなら諦めないで、どんなにみっともなくてもその奇跡に縋《すが》りついてみせて……！」

マーガリーとエリアスは、ずっと大魔女を探しているようなことを話していた。

そこに、エリアスの命を救う可能性が残されているというのなら。

「死なないで……。そんなの、嫌……」

そう口にして、改めてその言葉の意味に恐怖する。

このままではエリアスが自分の目の前から消えてしまうかと思うと、怖くて怖くて堪らない。

「誰かを助けたくて魔女を目指したのに、今ここで貴方を助けられなかったらなんの意味もない……」

ここでエリアスを助けられないのなら、そんな魔力《ちから》、もういらなかった。

「もう、あんな思いは嫌なの……」

真っ赤な血。閉じられた瞳。ぐったりとした身体。

大切な人を失ってしまうかもしれない恐怖を、もう二度と味わいたくはない。

「きっと私は、あの時の男の子を助けたくてここまできたの……」

本当は。できることなら、あの時のエリスを救いたかった。

あんなふうに傷つけて。そのまま二度と会えなくなってしまった男の子。

「だから……！」

「……いい、の……？」

戸惑いがちに尋ねられ、ドロシーはその意味を思い出すと恥ずかしさに俯《うつむ》いて、こくんと小さく頷《うなず》いた。

そうしてエリアスに促されるままに立ち上がると、目の前の胸に顔を埋めるようにして口にする。

「そ、その代わり……」

「ん？」

エリアスの掌が優しくドロシーの髪を撫《な》で、きゅ、と唇を嚙み締めると、か細い声でお願いする。

「す、すぐに挿入《い》れてもいいから、なるべく優しくして……」

「え？」

羞恥で震える言葉に、エリアスの驚いたような声が返ってくる。

「そ、それから……」

「なに？」

耳元に寄せられた唇が、嬉《うれ》しそうに酷く甘い吐息で先を促してきて、その刺激にびくん、と肩を震わせながら、ドロシーは真っ赤な顔で気持ちを告げる。

「す、すごく、気持ち良く、シテ……」

痛いことはもちろん嫌。すでにエリアスに触れられる悦びを知ってしまっている身体は、きちんと気持ち良くして貰《もら》うことを望んでいる。

――この人に触られるのはキモチイイの。

――いっぱい愛して気持ち良くして欲しいの。

そんなドロシーからのおねだりにエリアスは一瞬驚いたように目を見張り、その後は蕩《とろ》けるように幸せそうな笑みを浮かべた。

「ドロシーってば可愛すぎ」

「ん……っ」

そっと耳の後ろへ唇を落とされただけで、ふるりと身体が震えた。

その反応にくすりと微笑《わら》い、エリアスが甘い囁《ささや》きを落としてくる。

「うん。まだ少し頑張れるから、うんと気持ち良くしてあげる」

場所はソファへ移り、くちゅくちゅと唾液を交換し合う水音が辺りに響く。

「ふ、ぁ……っ、ん、ぅ……っ」

唇が時折離れるタイミングに合わせて懸命に呼吸《いき》を整える。そんなドロシーを間近で見つめながら、エリアスは嬉しそうに微笑《わら》っていた。

「ドロシーの唾液って、なんでこんな甘いんだろう……。ずっとキスしてられる……」

ドロシーの唇を唾液ごと吸ったエリアスは感嘆の吐息を洩《も》らす。

「そ……っ、な、の、い……っ、から、早、く……っ」

何度も何度も唇を貪られ、すでに頭の中が白くなってきたドロシーは、キスばかりを繰り返している場合ではないと、思わずエリアスに先を急かしてしまう。

「エリア……ッ、ん、ぅ……っ」

エリアスの呼吸《いき》が荒いのは、ドロシーと違って酸素が足りていないからじゃない。時折辛そうに歪《ゆが》められる眉は、身体がなにかに蝕《むしば》まれている苦しみに耐えているからだ。

それがわかって早くと先を促しても、エリアスは苦痛に耐えながら甘い微笑みを浮かべてくる。

「大丈夫だよ。ドロシーとキスしただけでもだいぶ良くなってるから。いっぱいキスしながらならそれなりに時間が稼げそう」

まぁ、苦しいは苦しいけれどと苦笑するエリアスに、それならば早くと言ったところで受け入れてはくれないだろう。

「ね？」

甘く優しく微笑まれ、なぜか泣きたくなってくる。

「本当に、ずっとキスしてたいくらい気持ちいい……」

本当に気持ち良さそうに告げられて、恥ずかしさが増してくる。

「オレも苦しいのが好きなマゾじゃないし、我慢できなくなればすぐにそうさせて貰うから、今は安心して身を委ねてて」

そうしてちゅ……っ、とまた一つキスを落とされて、胸がトクン……ッ、と小さな鼓動を打つ。

「それまでは、うんと気持ち良くしてあげる、から……っ」

「……ぁ……っ」

やっと唇から首筋へ移ったエリアスの口づけは、ちりりとした僅かな痛みと共に少しずつ下へ降りていく。

それから、すでに前ボタンの外されているブラウスを脱がせようと、エリアスが少しだけ身体を起こしかけた時。

「ちょ……っ、ま、待……っ、て……。自分、で……っ」

できる限りエリアスの負担を減らそうと、自ら脱ぐことを告げたドロシーに、エリアスはおかしそうに笑う。

「ドロシーは男心をわかってないなぁ……。脱がせるのが醍醐味《だいごみ》なのに」

「なに言……っ？」

「ドロシーだって、大好物のケーキは一口で食べたりしないで少しずつ味わって食べるでしょ？　それと同じ」

意味がわからないと瞳を揺らめかせるドロシーへ、エリアスは少しずつ脱がせていくのがいいのだと、楽しそうに笑いかけてくる。

「ドロシーはされるがままになってればいいの」

「そ……っ、な……、んん……っ」

ちゅ……っ、と脇腹へ落とされた唇に、ぞくりとした刺激が背筋を伝わっていく。

「ほんと、ドロシーはどこもかしこも甘くて美味しい」

「なに言……っ、ふぁ……!?」

不意打ちで、ぱくり、と胸の果実を口に含まれて甘い吐息が漏れる。

「あ……っ、そこ……っ、や、だ……」

「イイ、の間違いでしょ?」

「あ……っ、ん……、違……、ぅ……、あっ、ぁん……っ」

舌先で実り始めた果実を味見しながら、もう片方はエリアスの指先に摘まれて、そこからじんわりとした快楽が腰まで広がっていく。

「そこ……っ、ばっか、り……っ」

自然、脚を擦り合わせるような仕草をしてしまい、ねだるように潤んだ瞳と甘い訴えに、エリアスはくすりと笑みを溢《こぼ》す。

「下、触って欲しいんだ? それとも、舐《な》めて欲しい?」

「や……っ、違……ぁ……っ」

狙った獲物を捕食するような、ギラギラとした瞳で見上げられるとゾクリとする。

エリアスの荒くなった呼吸《いき》は決して欲望からではなく、苦痛からくるものだとわかるのに、その荒い吐息にさえゾクゾクと快楽が煽《あお》られる。

（……私、インランだったんだ……）

たったそれだけで蜜口からとろとろと愛液が溢れてくることに気づいてしまい、快楽でぼんやりとした頭の中でそんなことを考える。

「あぁ……すごい濡《ぬ》れてるね……。めちゃくちゃ濡れやすくなった？」

「ひぁ……！　や……っ、言わな……っ」

下着の上から濡れそぼる蜜口を確認され、ドロシーは真っ赤になって首を横に振る。

「……可愛い」

そんなふうに恥ずかしがるドロシーにエリアスは甘やかに笑う。

「っひ、ん……っ」

かり……っ、と軽く歯で噛まれて背中が仰け反った。

それがまるで、もっと、とねだるように胸を突き出す体勢になってしまい、エリアスは嬉しそうにぷっくりと実った果実を舌先で舐め取ると、口づけを下へ下へと降ろしていく。

「あ……っ、ゃ……っ、あ、ん……っ、ぁ、あ……っ」

脇腹から肋骨《ろっこつ》の上、お臍《へそ》の周りに、ひくひくと子宮の蠢《うごめ》く白い腹部。エリアスの唇に、優しく、余すところなく愛されて。その間にも、大きな掌に両脚を丁寧に愛撫《あいぶ》され、段々ともどかしくなってくる。

「……下着、脱がせるよ？」

「ん……っ」

腰、上げて。と掠《かす》れた声で囁《ささや》かれ、恥ずかしいとは思いながらも素直に従って腰を上げる。

「すごい……。溢れてる……」

「言わな……っ」

ゆっくりと脚を開かされ、隠すものがなにもなくなった秘めた場所を覗《のぞ》き込まれ、ドロシーはあまりの恥ずかしさに内股を震わせながらも、抵抗しようとはしない。

その意味を理解したのだろう。エリアスは嬉しそうに笑い、蜜の溢れ出る泉へ指を伸ばしてくる。

「ひぁ……!?」

「言わないで、って、なんで？　ドロシーが感じてくれてる証拠でしょ？　オレはすごく嬉しいのに」

「ぁ……っ、ゃ、だ……ぁ……っ」

「ココがこんなになってるのは、オレだから、でしょ？」

「ひ、ん……っ」

エリアスが嬉しそうに呟《つぶや》くように、ドロシーがこんなふうになってしまうのは、相手が他でもないエリアスだからだ。少し前に下衆な男たちに襲われかけた時、ドロシーは恐怖以外のなにも感じなかった。

「すっごい美味しそう……」

「待……っ、ゃ、め……っ」

エリアスの唇から感嘆の吐息が零れ落ち、脚の間にゆっくりと埋められていくエリアスの顔に、ドロシーは目を見開くと慌てて制止の声を上げる。

「ひ……っ、っぁああ……っ！」

舌先で入り口をぴちゃり……っ、と舐め取られ、唇で陰核をきゅ、っと軽く食まれた瞬間、ドロシーは、内股をガクガクと痙攣《けいれん》させて果てていた。

「ぁ……っ、ぁ……」

腰を緩く揺らしながら零れる甘い吐息に、エリアスは驚いたように顔を上げる。

「もしかして、これだけで軽くイっちゃった？」

その言葉にドロシーの身体中が一気に薔薇《ばら》色に染め上がり、エリアスはますます嬉しそうに笑う。

「ドロシー、本当、可愛い」

思わず顔を下に向けてしまえば、ドロシーの脚の間へ顔を埋めたエリアスの恥ずかしすぎる姿があって、さらなる羞恥心に襲われる。

「もっと感じて？」

「ひぁ……！」

舌先で、ぷっくらと硬くなり始めた陰核を刺激されて腰が跳ねる。蜜口にはエリアスの指の腹が這《は》わされて、くちゅくちゅと卑猥《ひわい》な音が響くのが恥ずかしくて堪らない。

「——っっ！　や……っ！　ぁ……っ、ぁあ……っ！　ぁ、あ……っ！　それ、だめ……ぇ……！　汚な……っ」

内股の際どい部分を愛撫しながら、蜜口へ移った唇が次から次へと溢れる愛液を啜《すす》り上げるように口づけてきて、悲鳴のような嬌声《こえ》が上がる。

「汚いわけないでしょ。ていうか、オレはいいって言ったのに、さっき浄化魔法使ったのはドロシーでしょ？」

とうとう生理的な涙を溢しながら喘《あえ》ぎ啼《な》くドロシーに、エリアスはくすくすとおかしそうな笑みを洩らす。

エリアスに抱かれることを決めた時、自らの身体へ清めの魔法を使ったのはドロシーだった。

——魔女見習いであるドロシーが使った、最後となる白魔法は、エリアスに抱かれるためのもの。

「あ……っ、ゃ……！　だって……っ、これ……っ、おかしく、なる……っ」

「いいよ、おかしくなって」

けれど、ドロシーの愛液を啜りながら、エリアスは不思議そうに眉を寄せる。

「……なんだろ、これ。甘くてこっちがおかしくなるんだけど。まるで麻薬みたいに止め

られなくなる……」

「ぁ……っ、ぁあ……！　だめ……っ、だめ……っ……！」

大きすぎる快楽にエリアスの言葉など入ってこないドロシーは、ふるふると首を振りながら耐えきれないとばかりに声を上げる。

「も……っ、早っ、く……！　挿《い》れ……っ、て……」

そもそもドロシーがエリアスに抱かれることを望んだのは、その発作を止めるためだ。初めての経験に恐怖がないわけではないけれど、それよりも早くその苦痛から解放してあげたいと思ってしまう。

「うっわ。すごい誘い文句。ヤバいね、それ」

そんなドロシーの懇願にエリアスは驚いたように目を丸くして、それから「クる」となんとも複雑そうに苦笑する。

「そんな煽《あお》らないでよ。マジで耐えられなくなるから」

「い……っ、から……っ。早、く……！　……ん……っ」

ちゅ……っ、と蜜口にキスをされ、またびくりと腰が揺れる。

「慣らさないと痛いのはドロシーだよ？」

「……で、も……！」

「大丈夫だから。指、入れるよ？」

「ん……っ」

言葉と同時にくちゅり……っ、と指先が蜜壺へ潜り込んできて、ドロシーはふるりと身体を震わせる。

「力抜いて。身体、強ばらせないで」

まだ慣れないその反応にエリアスはくすりと笑い、宥《なだ》めるように内股のあちこちにキスを落としてくる。

「あ……っ」

甘い声が上がり、ドロシーの身体から力が抜けたタイミングを見計らい、付け根まで中指を埋め込んで。

「もう少し、ね?」

「や……っ、ぁ、ぁ、あ……っ、だ、め……っ、エリア……ッ」

陰核を優しく舐められ、唇で食まれ、びくびくと内股が痙攣する。

「あ……っ、ゃ、あ……っ、エリア……ッ」

「気持ちイイ?」

唇を少しだけ浮かせて問いかけられ、ドロシーは目を見張る。

気持ちよくして、と言ったのはドロシーだ。

「ん……っ」

蜜壺に潜り込む指が二本、三本、とゆっくり増やされ、少しだけ圧迫感を感じながらも、ドロシーは次から次へと湧き上がる快楽に素直になろうと一度息を呑《の》む。

「……ん……っ、気持ち、ぃ……っ」

下肢から響くくちゅくちゅという水音は、ドロシーが確かに感じている証拠だ。

エリアスの舌と唇がドロシーの弱いところを刺激する度にびくびくと跳ねる身体に、ぞくぞくと襲ってくる快楽。

「それ……っ、気持ちよく、て……っ、おかしく、なる……っ」

口元に手をやって、ドロシーは止むことなく湧き上がる快感に酔いしれる。

「……ドロシー、可愛い」

「あ……っ」

ぐちゅぐちゅと音を鳴らして抜き差しされる指の動きは恥ずかしくて堪らないけれど、もっともっとと誘うように腰は揺れ、頭の中は快楽一色に染まっていく。

「もっともっと善くしてあげる」

「ぁ、ぁあ、ん……！　あ……っ、だめ……っ、それ……っ、気持ちぃ……っ、ぃ、い……っ。気持ち、い……っ。イっちゃ、ぅ……！」

「いいよ。一度イッて？」

「ぁあ……っ！」

段々と極めることしか考えられなくなって、頭の中にチカチカとした光が舞う。

「イっちゃ……っ」

「うん。可愛くイッて？」

ぐ……っ、と強くソコを刺激され――――。

「ひ……っ、ぁ……っ、ぁぁあ…………――――っ！」

ドロシーは今までにない高く甘い悲鳴を上げ、極みへと昇りつめていた。

「……ん……っ」

ずるり……っ、と指が引き抜かれ、その刺激にさえふるりと身体が震えた。

「……ぁ……」

絶頂の余韻から、ドロシーはとろりとした瞳で身を起こしたエリアスへ視線を向ける。

と、そこにはなんとも曖昧な笑みを浮かべたエリアスがいて、ドロシーは蕩《とろ》けたままの瞳に不思議そうな色を乗せていた。

「エリ、アス……？」

「ごめん、ドロシー。もう、いい？」

「え……？」

一瞬言われていることの意味がわからずに、ドロシーはぱちぱちと瞳を瞬かせる。

けれど。

「もう少し待ってあげたいんだけど……。ちょっと限界、かも」

伸び上がってきたエリアスに髪を撫でられ、その意味を察したドロシーは瞬時に顔を赤くする。

「うん……。きて……？」

「ドロシー……ッ」

「ぁ……っ」

感極まった様子で抱き締められ、抱擁の強さになぜだかすごく安心する。

トクトクと聞こえる鼓動と荒い呼吸は、エリアスが生きている証拠だ。

「挿《い》れる、よ？」

「う、うん……」

前を寛げ、先端部分をドロシーの入り口に押し当てながら問いかけられる確認に、ドロシーは僅かに身体を強ばらせる。

「ん……っ」

ぐ……っ、と入り口を押し拡げられる感覚に一瞬息をつめ、それから緊張を解きほぐすように自ら意識して深呼吸を繰り返す。

けれど。

「エリアス……？」

先端を少し含んだだけでそれ以上進む様子のないエリアスに、ドロシーは不思議そうな目を向ける。

「……本当に、イイ、の？」

「え？」

申し訳なさそうな、困ったような微笑で見下ろされ、ドロシーはきょとん、とした瞳を返す。

「今ならまだ、引き返せる」

さらりと髪を撫でながら小さく微笑んでくるエリアスに、ドロシーは反射的に息を呑む。

「本当にいいの？」

「……だ……っ、て……」

その質問に、どう答えを返したらいいのかわからない。

この胸に湧き上がる気持ちがなんなのか、上手く言葉にできなくて。

ただ、言葉で表すことはできなくても、伝える方法はある気がした。

心よりも身体の方が、ドロシーのことをよくわかっていて。

元々頭でっかちで真面目すぎるドロシーは、考えすぎて空回りしてしまうことがよくあるから。

本能のようなものに逆らうことなく、そっとエリアスの頬へ手を伸ばす。

なにをするつもりなのかと少しだけ戸惑った表情を見せるエリアスが可愛くて。思わず口元を綻ばせながら、伸び上がってキスをした。

エリアスの瞳が驚いたように見開かれ、こくりと喉を鳴らす音がした。

「……ん……」

重なった唇はすぐに離れ、しばし無言で見つめ合う。

そうして。

「ドロシーは優しいね」

「違……っ」

くすり、と自嘲気味に笑われて、伝わっていないのかと目を見張る。

「違う……っ。私は……っ、失いたくなくて……っ」

「うん」

わかってる、と微笑むエリアスが、本当にわかってくれているのかわからない。

けれど、そんなことはもうどうでもいいとばかりにエリアスは笑い、甘い囁きを落としてくる。

「好きだよ、ドロシー。もうずっと昔から」

その言葉が、すとん……っ、と胸に落ちてきた。

「わ、私も……っ」

ドロシーの脳がその言葉の意味を理解するよりも先に、勝手に口が気持ちを紡ぐ。

「私も……っ、好き……っ、だから……！」

言ってしまってから二人で驚く。

「え……っ？」

自分で言っておきながら驚いて戸惑うドロシーに、エリアスはおかしそうに笑う。

「ドロシー、可愛い」

「ぁ……」

ちゅ……っ、と嬉しそうに頬へ唇を落とされて、ドロシーの顔はかぁぁぁ……っ、と熱くなる。

「ドロシーの可愛いところ、もっといっぱい見せて？」

顔中にキスの雨を降らされて、ドロシーは恥ずかしそうにこくりと首を縦に振る。

「うん……。だから…………」

エリアスの首の後ろへ腕を回し、ぎゅ、とその背中を抱き締めた。

「挿《い》れるよ？」

「うん……」

腰を摑み直される感覚に少しだけ緊張感を覚えながら、ドロシーはそっと目を閉じる。

――それは、ずっと憧れていた夢を諦める瞬間だけれども。

それでも、今、この一瞬だけでもエリアス《この人》を助けられるならばいいと思った。

だから。

「ドロシー……」

愛おしそうに名前を呼ばれ。

「ん……」

重なった唇に、一筋の涙が眦《まなじり》に伝ったのは、悲しみからなんかじゃない。

――『迷って迷って迷って。その時は恩義なんて考えなくていいから、自分の未来は自分で決めなさい』

少し前に、マーガリーから言われた言葉が胸に浮かぶ。

むしろ、ドロシーは迷ってなんかいない。

この人を助けられるなら……、救えるのなら、魔女になんてなれなくて構わない。

――二十歳《はたち》までの生命《いのち》。

タイムリミットはすぐそこだ。

けれど、そんなことは関係ない。

――助けたい。助けたい。

ここでこの人を助けられないのなら、魔女になる意味なんてない。

この人を滅ぼすための魔力《ちから》なんて欲しくない。

――……一緒にいたい……。

純潔と、夢とを引き換えにこの人の未来を守れるなら……。

「い……っ」

ぐ……っ、と入り込んできた屹立《きつりつ》に、ドロシーはびくりと身体を震わせた。

圧迫感もかなりあるが、それよりもなによりも、痛みなのかよくわからない、灼熱《しゃくねつ》のような熱さが身体の中を突き抜けていく。

「……あ――っ」

痛い、熱い。

熱い、痛い。

身体の中心から湧き上がる灼熱が、じわじわとドロシーの身体中を侵していく。

「————っ！」

と、同時にエリアスが息をつめた気配を感じ、どくん……っ、と身体の奥でなにかが脈打ち、熱が弾け飛んだ感覚がした。

（あ……っつい…………）

あまりの熱さに頭の中がぼーっとする。

処女を失うとはこういうことなのかとぼんやり思い、ふと、驚いたように硬直しているエリアスが目に入る。

「エリアス……？」

「……う、そ、だろ……」

なぜが愕然《がくぜん》とショックを受けている様子が窺《うかが》えるエリアスのその呟きに、ドロシーはぼんやりとした目を向ける。

「……な、に……？」

「……ごめん。わかんなくていいから、そのままで」

ドロシーを抱き締めるようにしながら前へ倒れ込んだエリアスは、ぎゅ……、とその華《きゃ》奢《しゃ》な身体を抱き込んで、消え入るような酷く落ち込んだ声を出す。

「ちょっと、男の沽券《こけん》に関わる、っていうか、股間に関わる問題、っていうか……」

意味がわからずきょときょととあちらこちらに視線を投げるドロシーへ、エリアスは今にも泣きそうな声色で語りかけてくる。

「……ドロシーはそのままわからないでいて……」

「う、うん……?」

なにを言われているのか本気でわからないけれど、ドロシーはとりあえず素直に頷いた。

エリアスは、ドロシーをぎゅ、と抱き締めたまま、酷くうちひしがれた気配を漂わせる。

一体なにが起こったのだろうと、少しだけ心配になってエリアスに意識を集中させれば、その呼吸から苦しみの色は消えていて、そのことだけにはほっと胸を撫で下ろす。

(これでもう、魔女にはなれないなぁ……)

ぼんやりとそんなことを思い、純潔を失ったことを冷静に受け止める。

思わず腹部を意識してしまえば、お腹の中にはしっかりとエリアスの存在が在ることがわかって、段々と恥ずかしくもなってくる。

身体中が沸騰しそうだった熱も今は落ち着いて、腹部にはじんわりとした熱と少しの痛みを感じるだけだった。

「あの……、終わった、の……?」

ドロシーを抱き締めたまま微動だにしないエリアスに、さすがにどうしたものかとおずおずと窺えば、相変わらずドロシーの肩口に顔を埋めたまま、エリアスはなんとも言えない呟《こえ》きを洩らす。

「……終わった、けど、終わってない……」

耳元でなにかぼそぼそと呟いている様子が感じられるが、なにを言っているのかまではよくわからない。

「……なにこれ。善《よ》すぎて……」

なんとなく文句のようにも聞こえる声に、段々と不安になってくる。

「入れただけでイクなんて嘘《うそ》だろ……っ」

とりあえず発作は治まったようだけれど、素直に喜べない自分がいる。

「しかも、なんだよ、これ……っ」

「あ、あの……？」

おずおずと不安げな瞳を上げるドロシーに、エリアスはそこでやっとハッとなる。

もぞもぞと足を動かせば、身体の中にいるエリアスの存在を感じてしまい、もう終わったなら早く抜いて欲しかった。エリアスを受け入れたままのこんな格好、恥ずかしくて堪らない。

けれど。

「凄い……。ドロシーの魔力。なにこれ」

参った。と再度溜《た》め息を溢すエリアスの独り言は相変わらずよくわからない。

目に見えない他人の魔力を感じることができるのは、エリアスの体質からくる特殊能力だろうか。

「え？」

一通り落ち込んだ後、開き直った様子のエリアスが少しだけ身体を起こした。そして掌を床へかざすと、そこに蒼白《あおじろ》い魔法陣が広がって、ドロシーは驚いたように息を呑む。

「なんか、回復どころか全快も通り越した」

「え……っ？」

くす、と不敵に笑い、エリアスは床に描かれた転移のための魔法陣を発動させる。

「な……っ、に……？」

言葉通り、エリアスの体調はすっかり回復したらしい。それならば閉じ込められた部屋から脱出することも可能だが、まだ繋がり合ったままのこの状況を思うと、なぜ今なのかわからなくて混乱する。

だが。

「えっ？」

魔法陣が輝いて、景色が切り替わったその先は。

「な、んで……？」

「今から、ドロシーのお願いを叶《かな》えていっぱい気持ち良くしてあげるから」

エリアスの部屋のベッドの上。未だエリアスを受け入れたままの格好で、物凄く不敵な笑みで告げられて、ドロシーは思わず息を呑む。

「な、ん……っ？」

「本番はこれからだよ、ドロシー」

「ひ……、ん……っ」

凶悪な笑みを向けられて、ドロシーは恐怖か期待かわからない悲鳴を呑み込み、ぞくりと身体を震わせる。

「ドロシーのイイ嬌声《こえ》、いっぱい聞かせて」

甘く笑いながら腰を摑み直されて、ひくりと喉がひきつった。

なぜか、嫌な予感がする。

そうしてエリアスを身体の中に留めたまま、何度も何度も頂へと追いやられ、泣いて頼んでも離して貰《もら》えず、ドロシーは声が枯れるまで甘い啼き声を上げさせられ続けたのだった。

第九話　雲隠れの月

裸のエリアスの上半身に頭を預けたまま、ドロシーはぼんやりと快楽の余韻に浸ってい
た。

(どう……、しよう……)

散々好き勝手に喘《あえ》がされ、文句の一つや二つ言ってやりたいと思うのに、優しく髪を撫《な》
でられていると、そんなことはもうどうでもいいかと思えてきてしまう。

(なんか、すごく……)

長年の夢を失ってしまったのに。

すごく恥ずかしくて逃げ出したいのに、その腕に甘やかされてこのまま溺れたくなって
しまう。

じんわりと胸を満たしていくその感情は、もしかして、「幸せ」なのではないだろうか。

——このまま、ずっと一緒にいたい。

けれど。

そのためには、いろいろと解決しておかなければならない問題がある。

ずっと胸にあった不安の凝《しこ》りを、今であれば素直に口にできる気がした。

「エリアスたちは、ずっと大魔女を探していたの？」

エリアスに身体を預けたまま、そっとその顔を窺《うかが》った。

「なに言って……？」

「前に、学園長と話しているところ、聞いちゃったの」

おずおずと瞳を向ければ、ハッと息を呑《の》む気配があって、途端、ドロシーの胸にもドキドキとした緊張の鼓動が鳴り始める。

「〝厄災〟、って、なに……？　二十歳《はたち》までの命って、なに……？」

〝厄災〟は〝厄災〟だと。ディアナはその一点張りでそれ以上のことはなにも教えてくれなかった。

――〝厄災〟であるエリアスを滅ぼす。

それは、エリアスが二十歳になったら殺す、と、そういう意味に受け止められた。

「どうしてエリアスが厄災なの？」

問いかけながら、段々と不安になってくる。

もう、エリアスを失うことなど耐えられない。

――もし、本当に、その運命に逆らえなかったら……。

「大魔女が現れれば、エリアスは死ななくて済むの？」

マーガリーとの会話から、二人がずっと大魔女の誕生を望んでいたような気配が窺えた。

もし、大魔女が現れなかったその時は……。自分で自分を――〝厄災〟を殺すのだと。

「どうしたら見つけられるの？」

ドロシーはもう魔女にはなれないけれど、そのための知識だけならば今まで頑張って習得してきた。

大魔女を見つける手伝いであれば、ドロシーにだってできるはずだ。

「エリアスの身に、一体なにが起こっ……」

ドロシーが不安げにそう問いかけた時。

「……最後までヤった途端、恋人気取り？」

「……え……？」

突然ガラリと雰囲気の変わったエリアスに冷たい瞳で見下ろされ、ドロシーは一瞬なにを言われたのかと固まった。

「そんなの全部嘘《うそ》に決まってるだろ」

ドロシーの身体を払いのけ、エリアスはくすくすと可笑しそうに冷笑する。

「オレが発作持ちなのは確かだけど、女を抱いたら治るなんて話、本当に信じたんだ？　おめでたい女」

そう嘲笑する眼差しは、軽蔑の色が浮かんでいた。

「オレが〝厄災〟、って、なに？」

意味がわからないと眉を顰《ひそ》められ、ドロシーはわけがわからないまま口を開く。

「な、に、って……。ディアナ、様、が……」

「あぁ。一番目の魔女。そういえばアンタを弟子にしたんだっけ？　そりゃ、そんな嘘ついてでもオレから引き離そうとするよな」

くつくつと面白そうに笑われて、愕然《がくぜん》と息を呑《の》む。

「う、そ……？」

嘘、というのは、どこからどこまでのことを言っているのだろう。

「なに、言って……」

「あ〜あ、つまらない。少しは骨のあるヤツかと思ったのに」

困惑するドロシーに、エリアスは失望したとばかりに嘆息する。

「やっぱり、しょせんは女だな。昔の話を持ち出したくらいでこんなに簡単に堕ちるなんて」

はっ、と侮蔑の視線を向け、本当につまらない、とエリアスは肩を落とす。

「カイルとの賭けはまたオレの勝ちだな」

わからない。わからない。なにが起こっているのか理解できない。

「……ねぇ、なに言……」

「ゲームだよ、ゲーム」

弱々しく笑いかけたドロシーに、エリアスはくすりと冷たく笑う。

「一番身持ちが堅そうな女を堕とせるか、っていう」

魔女を目指す平民上がりの特待生。

さすがのエリアスでも無理だろうと、悪友と賭けて遊んでいたという。

「毎度毎度、どの女も簡単に脚を開く」

少し甘い言葉を囁けば、誰も彼もが簡単に媚《こ》びてきてつまらないと。物珍しい魔女見習いの貧乏人であれば、少しは面白くなるかもしれないと思ったのだとエリアスは嘲笑した。

「結局アンタも一緒だな」

「エリア……」

「ゲームはこれで終わり。アンタにはもう用はない」

不安定に揺れる瞳になど見向きもせず、エリアスは冷たくドロシーを突き放す。

「もう二度とオレの前に現れんな」

そう言ってベッドから下りたエリアスは、傍の引き出しからなにかを取り出し、「あぁ、そうだ」と、面倒くさそうにそれを投げてきた。

「それ、飲んどけよ？」

「え？」

ドロシーの手元に投げられたのは、なにやら白い錠剤。

それは。

「避妊薬」

思わず息を呑むドロシーに、エリアスの感情のない瞳が向けられる。

「ちゃんと飲めよ？　出来ても責任取るつもりないし」

直後、エリアスが軽く腕を上げ、蒼白《あおじろ》い魔法陣が自分の周りに描かれていく様に、ドロシーは目を見開いた。

「エリア……ッ」

ドロシーの言葉は、なに一つ届かぬまま。

「じゃあな、ご馳走《ちそう》様」

くす、と残忍に微笑《わら》ったエリアスの姿を最後に、ドロシーは自分の部屋へと強制転移させられていた。


（……な、に…………？）

全裸にブラウスの薄生地一枚だけを纏《まと》った状態で寮の部屋に転移したドロシーは、茫然《ぼうぜん》としていた。

突然のエリアスの変貌の理由がわからず混乱する。

自分はなにか、エリアスの逆鱗《げきりん》に触れるようなことをしてしまったのだろうか。

あの瞬間まで、本当に本当に幸せな気持ちでいられたのに。

たとえ魔女になれなくても、この人の傍にいられるならば構わないと――。

その時。

「……な、に……？」

ドロリ、と、下腹部に感じた月のものの時のような感覚に身を震わせて、ドロシーは自分の下肢へ目を落とす。

脚の間。白濁したエリアスの残滓《ざんし》の中に、破瓜《はか》の証である赤い色が目についた。

「ん……っ」

次々と溢《こぼ》れ落ちてくるのは、エリアスの欲望の証。それにふるりと身を震わせながら、ドロシーの頬は散々啼《な》かされた時間を思い出して熱くなる。

絶え絶えの息でもう無理だと訴えても、欲望に濡《ぬ》れた瞳で笑われて揺さぶられた。

耳元で囁《ささや》かれる愛の言葉は、嘘偽りない真摯なものだった。

少しだけ苦し気な感情の吐露に、嘘があるはずがない。

――『……ドリィ……』

愛おしそうに呼ばれる名前。

あれが嘘だったなんてはずがない。

それなのに。

――『出来ても責任取るつもりないし』

掌の中には、避妊薬だという白い錠剤。

平民であればほとんどの者が働き始める十八の年。婚姻も、男女共に十八から許されるから、たとえ万が一のことがあったとしても、互いにそのつもりがあればなにも問題ない。

ただ、さすがにドロシーもすぐに母親になる勇気はないから、まだ子供は困ると思ってしまうけれど。

（どう、しよう……）

それでも、ほんの少しだけ。それを飲むことを迷ってしまう自分もいる。

今は乾いているとはいえ、互いの汗にまみれた身体も、二人分の体液で汚れた下肢も、決して気持ちのいいものではない。

ただ、身体も心も今は休息を求めていて、湯浴みをする気力も起きなかった。

（浄化魔……）

と、ふいに癖でそんなことを思って自嘲気味の笑みが洩《も》れる。

（……そっか。もう使えないんだっけ……）

純潔を失っても黒魔法は使えるが、白魔法に属する浄化魔法はもう使えない。

（本当に使えないのかな……？）

白魔法を使うためには、純潔であることが必須要件だ。

それはもう常識すぎる常識だけれど、ついそんなことを思ってしまい、くすりと苦笑を溢しながら詠唱を口にする。

本当に使えなくなっているのか、ちょっとした好奇心もあった。

ご丁寧に一緒に転移していた服の傍に落ちている杖《つえ》を拾い、くるり、と空に円を描くようにそれを振るう。

と。

「え……？」

ふわり、と、春の風のような柔らかな空気が舞って。

「……………な、んで……？」

情事の名残の消えてしまった己の身体を見下ろして、ドロシーは大きく目を見張った。


いろいろと訳のわからない状況に置かれていて混乱するが、とにかく一番の優先事項はエリアスだ。

なぜ白魔法がまだ使えるのかはわからないが、それは後でマーガリーかディアナにでも相談……。

（できるわけないじゃない……！）

ふと浮かんだ考えに思い切り自身に突っ込んだ。

い、い、そういう行為をしました、などという告白が、初心《うぶ》なドロシーにできるはずもない。そんなことは恥ずかしすぎる。

ならば自分で調べるしかないのだが……。

今はそんなことに時間を取られている場合《とき》ではない。

そうしてエリアスと身体を繋《つな》げ、迷った末に避妊薬を口にしてから三日。なんの進展もないままに、無駄に時間だけが過ぎていった。

この三日間、ドロシーはまともに講義に出ることなく、ひたすらエリアスを探し続けていた。結果、エリアスが学園に来ている気配はなく、焦燥だけが募っていく。

――『もうすぐ誕生日なんだ』

提示された仮初めの恋人ごっこ期間。その、エリアスの誕生日を、ドロシーは正確に把握していなかった。そこらへんの女生徒たちはきっとみんな知っているのだろうが、学園中の女子の敵となっているドロシーに親切に教えてくれるはずもない。

どう考えてもタイムリミットがすぐそこに迫っていることだけはわかって焦りが募る。

（人の処女を奪っておいてなんなのよ……！）

最初はエリアスの変貌の意味がわからず混乱していたが、冷静になるにつれ、どんどん腹が立ってくる。

不思議と、エリアスに遊ばれたなどとは思えない。

自信過剰と言われようが、エリアスにきちんと愛されて抱かれた自信がある。

ならばなぜ、あんな冷たい態度を取ったのか。

彼の言動がわざとである可能性にはすぐに辿《たど》りついたが、その理由がわからずムカムカする。

一緒にいたいと言ったのに。

この三日、エリアスが学園に来ていないのは、絶対にドロシーを避けているからだ。王族であるエリアスに王宮に籠られてしまったら、ただの平民であるドロシーが訪ねていっても門前払いをくらうだけ。

ならば、どうするか。

――『なにかあれば頼ってくれてもいいよ？』

エリアスとは幼馴染《おさななじ》みの関係でもあるというカイルであれば、なんとかしてくれるかもしれない。

マーガリーやディアナに頼ることも考えたが……、彼女たちの立ち位置がよくわからない以上、それはカイルとの交渉の結果次第にした。

（もうっ、どこにいるの……⁉）

一学年上であるカイルの教室を、ドロシーは当然知るよしもない。どこにも味方のいない状況で、普段のカイルの行動範囲の情報がドロシーに得られるはずもない。

とにかく自分の足で、広い校舎内を駆けずり回り……。

（いた……！）

とある教室で、やっとの思いで探し人を見つけた時。

「……エリ、アス……？」

ドロシーの姿を認めたエリアスの瞳が、動揺の色を見せて僅かに見開いた。

「エリアス……」

どうにか会えないかと思っていたが、想定外の接触に、ドロシーも一瞬戸惑いながらその綺麗《きれい》な顔を見つめてしまう。

「なに？　わざわざオレを探して追いかけてきたわけ？　まじうざいんだけど」

もう二度と近寄るな、って言ったよね？　と続ける瞳は、やはりとても冷たいもの。

そんなエリアスの物言いに、隣にいたカイルは「エリアス？」と不審そうに眉を寄せ、二人へ交互に視線を投げてから沈黙することを決めたようだった。

「どうして……っ」

「は？　なにが？」

思わず息をつめたドロシーに、エリアスの嘲笑が向けられる。

そうしてすぐには言葉を返せないドロシーから目を逸らし、隣の友人に声をかける。

「カイル。賭けはオレの勝ちだ」

「は……？　賭け？　一体なんの話……」

事態を見守るつもりでいたらしいカイルは、突然自分に話を振られ、困惑したように目を丸くする。

だが。

「この女。堕としたから。あとで酒奢《おご》れよ」

鋭い瞳を向けられて、すぐに理解したようにカイルは大きく手を打った。

「あ、あぁ～！　そういうこと。でもそれは、お前への貸しの方が大きいから、むしろお前がオレに奢るべきじゃねぇ？」

「……カイル」

「そこんとこ、オレは譲る気はないけど？」

幼馴染みだと言っていたが、二人はよほど気を許した仲らしい。咎《とが》めるような視線にも臆することなく、カイルは意味深に瞳を光らせ、エリアスを挑発する。

そんな友人の態度にエリアスは軽く睨《にら》むような視線を向け、だが、不承不承折れたように肩を落とす。

「……わかった。あとでオレにできることならなんでも」

「言質取ったぞ？」

くす、と口元を緩めたカイルに、エリアスは舌打ちでもしそうな表情で無言の肯定の意を示す。

「エリアス……ッ」

やっと声を出したドロシーへ、凍るような双眸《そうぼう》が向けられる。

「だから彼女づらすんなよ、鬱陶しい」

完全に拒否の色が窺えて、ドロシーは唇を噛《か》み締める。

これでは話をする以前の問題だ。

「あ～あ。ドロシーちゃんもダメだったか～」

そして、そんなドロシーに助け船を出すように、二人の間に割って入ったカイルがわざとらしい笑顔を浮かべて話しかけてくる。

「今回は悪い男に引っかかったね。犬に噛まれたとでも思って諦めな」

それは、カイルがエリアスの味方であることを表していて。

「な、んで……」

ドロシーはぐっ、と拳を握り締めると、キ……ッ、とエリアスを睨みつける。

「ん？」

面白そうに笑む、カイルからの疑問は無視をする。

「……なんで、そんな嘘つくの……!?」

きっぱりと〝嘘〟だと言い切ったドロシーに、エリアスのこめかみがぴくりと反応した。

「私は、騙《だま》されないから……！」

目が合って、一瞬だけ及び腰になってしまう。

それでも、今のエリアスの言動が〝嘘〟であることだけはわかるから。

「ちゃんと話して……！」

懇願にも近い叫び声は、無言の瞳に流される。

「ドロシーちゃん。コイツはこーゆー酷い男なの。諦めなって」

ぽん、と肩を叩《たた》かれて、ドロシーはなぜ、と戸惑いの目を向ける。

「カイル様も。どうしてそんなお芝居……」

「……ドロシーちゃんがなに言ってるのかわからないなぁ？」

そうとぼけてみせる策士の黒い微笑みは、相変わらず胡散臭《うさん》くて信用に値しない。

「エリアスッ！」

「ほんと、うざいんだけど」

我慢ならなくなって駆け寄れば、あっさりとはね除けられてしまい、それでも諦めるものかとつめ寄った。

「ねぇ、話をさせてよ！」

「お前と話すことなんてない」

「エリア……ッ、!?」

エリアスの視線がふい、と逸らされたその瞬間。

エリアスがぶつぶつとなにかを呟き、ドロシーの足元に浮かび上がった見覚えのある魔法陣に、大きな瞳はさらに驚愕に見開いた。

「やめ……っ、ねがい……っ。エリア……ッ」

蒼白い光に包まれていく身体に、ドロシーは泣きそうな表情《かお》で声を上げる。

「もう二度と顔も見たくない」

顔を背けたエリアスが、ぐっ、と唇を嚙み締めた。

「エリア……ッ」

必死の訴えは届くことはなく、ドロシーは強制転移させられていた。

消えたドロシーの姿を見送って、落ちた沈黙は数秒間。

「……愛されてるねぇ」

意味ありげに向けられたカイルの視線に、エリアスは腹立たし気にこめかみを反応させていた。

「なにがだよ」

「全然疑われてねぇじゃん」

カラカラと愉しそうに笑われて黙り込む。

そんなエリアスにやれやれと吐息をつき、カイルは呆《あき》れたような表情《かお》になる。

「なにやってんの、お前」

こんな茶番に巻き込まないでほしい。責めるような瞳は、如実にそう語っていた。

「……オレはただ……」

「マジでヤッたの？」

単刀直入にまず浮かんだのだろう疑問を真っ直ぐ投げかけられ、エリアスの顔が嫌そうに顰《しか》められた。

「……カイル」

「だって、魔女見習いだろ？」

しかもドロシーは、先日一番目の魔女に弟子入りしたばかりだろうとその瞳は問いかけ

てくる。どこからその情報を仕入れてきたのかは知らないが、カイルは宰相の息子。確か

な筋から耳に入れたに違いない。

そんな彼女に手を出すということは、さすがにかなりの覚悟がいるだろうと。

「そりゃ、お前が今までそういう子にも手を出してきたのは知ってるけど」

魔女見習いに新人魔女。来る者拒まずのエリアスは、確かに今までそんなことを気にし

ていなかったが、ドロシーに関してだけは別だった。

長年の付き合いで、エリアスがドロシーに本気であることくらい、カイルにはすぐに理

解できただろう。だからこそ、手を出すことはないだろうと思っていたに違いない。

「今回はとりあえずお前の味方してやったけど、次回もしてやるかどうかはお前の返答次

第だってことをよく頭に置いてから発言しろよ?」

長年の付き合いのある友人だからとて、必ずしも味方になってやるわけではない。自分

で考え、それがおかしなことだと思えば拒否をする。カイルはそういう性格だ。

「……あとで、ねぇ……?」

「あとで、きちんと話す」

エリアスから滲み出る空気の中に、どうにも話を濁したい様子を感じ取ったらしいカイ

ルは、エリアスの真意を見定めるかのような眼差しで見つめてきた。

「一体なに隠してんだよ」

問いかけに、ぴく、と反応したエリアスに、カイルは確信を持って尋ねてくる。

「別に今さら話せとか言う気もねぇけど。オレはお前のその軽い性格が、人格が歪《ゆが》んだ末に形成されたものだって、なんとなくわかってるし」

ある時を境に、突然軟派になったエリアスの性格。それが、自己防衛から来ているものなのだろうことを、カイルは薄々感じ取っていたらしい。

「一つだけ忠告させろよ」

カイルの厳しい目がエリアスに向く。

「間違った選択だけはするな」

それはきっと、友人としての本気の警告だ。

「お前が出した結論は、本当に彼女を傷つけないか考えて行動しろ」

「……オ、レは……」

カイルから向けられる言葉に、エリアスはぐっと拳を握り締める。

エリアスが、思わず自分の迷いを吐露しかけた時。

「あら。こんなところで二人揃《そろ》ってなにやら神妙なお話？」

急に割って入ってきた堂々とした高い声に、二人はその声の主の方へ振り返る。

「ティーナ嬢」

金色の長い髪を揺らし、エリアスの前で足を止めると、ヴァレンティーナはにこりと笑う。

「今日はあの魔女見習いのところに行かないんですのね」

ここ最近は、エリアスがドロシーの元に通う光景は当たり前のようになっていた。いつにないエリアスのその行動には、誰もが多少驚いてはいたものの、殊の外〝お気に入りのおもちゃ〟なのだと、所詮はその程度の認識だった。

「好きに遊べるのは今だけですもの。ご自由にどうぞ」

公爵令嬢としてのプライドを忘れることなく、ヴァレンティーナはエリアスへにっこりと余裕の微笑みを向けてくる。

「婚約前であれば、どれだけ遊んで下さっても構いませんわ」

今現在エリアスは、数人の婚約者候補がいる状態だ。王族とはいえ、将来この国の王となる現王太子とは違い、早々に婚約をする必要も特にない。形ばかりに持つ王位継承権は放棄したも同然で、将来の妃が政治の駒に使えるものでもない。

そのためか、王家も貴族院もエリアスの婚姻については、相手が誰でもいいとまでは言わないが、ほとんど放置しているような状態だ。

とはいえ、仮にも正式な婚約者が決まった暁には、さすがに今までのような好き勝手は許されない。それがわかっているからこそ、ヴァレンティーナは瞳に意味ありげな色を浮かべる。

「最後に私を選んで下さるのなら」

「ティーナ嬢……」

「父も、その辺りには寛容ですし」

「じゃあ、ティーナ嬢は、オレと遊んでみる？」

ふざけてかけられるカイルの誘いに、ヴァレンティーナは長い髪を払いながら冷たい目を向ける。

「私、胡散臭い方は好みではありませんの」

「あれ、気が合うね。オレもだよ。オレほど純朴で裏表のない人間もいないでしょ」

「どの口がそれを言うのかしら？」

「酷いなぁ……」

全く傷ついてなさそうに肩を竦《すく》めたカイルは、その場から立ち去ろうとしているエリアスの気配に気づいて顔を上げる。

「行くのか？」

「ちょっと、用があって。しばらく学園《こっち》には来られないから」

一瞬だけ足を止め、エリアスは振り向くことなく別れの言葉を告げる。

「ふ～ん？」

背中に突き刺さるカイルの視線は、エリアスの真意を探ろうとしているようだった。

「オレの言ったこと、忘れんなよ？」

「つぅ……！」

足をかけられて盛大に転んだ。

周りを見る余裕などなかったから、通り過ぎ様に足元に気をつけることを忘れていた。

思いきり地面に擦った腕も膝も血が滲んでいたが、そんなことに構っている場合ではない。

エリアスに自室へ強制転移させられたあの日から、休日を挟んでさらに三日の時がたっていた。

「いいザマ……っ」

スカートの裾を翻し、少女たちがくすくすと笑いながら去っていく。

エリアスが姿を見せなくなり、それと同時にドロシーがその姿を探し回るようになった時。彼女たちはとうとうその時が来たのだと、ひそひそと声を潜めながらも、わざとドロシーに聞こえるような声色で嘲り笑っていた。

エリアスが物珍しい平民の少女に飽き、ドロシーが振られたのだという噂《うわさ》はあっという間に広まって、以前のようにあからさまな嫌がらせを受けるようなことはなくなったものの、こうして過去の恨みを晴らそうとするかのように、相変わらず学園中の女生徒たちからは無視され続けている。

腕と膝の痛みに顔を顰め、ドロシーは先を急いで走り出す。

周りからの嘲笑も仕打ちもどうでもいい。今はただ、一刻も早くエリアスと話をしなくてはならなかった。そのためには、と、ひたすらカイルの姿を求めて走り回る。

それなのに、カイルの姿はなかなか見つからない。カイルに最初に会った時のように、彼は雲隠れがとても得意らし――。

（そうよ……！）

あの日、カイルと初めて会った場所。昼寝の道具を用意しているくらいだ。あの部屋はカイルが常習的に使っている部屋に違いない。

そう思い立ち、ドロシーは踵《きびす》を返すと酸欠になりそうになりながら走り続ける。

マーガリーやディアナを頼ろうにも、ここ数日マーガリーは学園に来ておらず、ディアナとも連絡がつかない状況だった。そのため、この三日間はマーガリーが講師を務める白魔法の実技演習は自主練習になっていて、あるのは別の講師による講義だけだった。とはいえ、ここ数日は半分も顔を出していないけれど。

そうしてあの日、カイルと初めて会った部屋の前まで辿り着くと、ドロシーは膝に手をつき、すっかり上がりきった息を深呼吸して整えてから、確信にも近い思いでもってガラリと扉を開け放った。

「カイル様……！」

と。まるでドロシーに見つけられるためにいたかのように、あの日と同じ場所で昼寝をしていたカイルが、欠伸を噛み殺しつつ起き上がった。

「やっと来た」

「カイル様っ」

待ちくたびれたよ。とでも言わんばかりのカイルの気だるげな物言いに、ドロシーはすぐに駆け寄っていく。

「お願いがあります……っ」

「……なに？」

間髪をいれずに上げた声に、どこか不機嫌そうなカイルの目が向けられ、ドロシーは縋《すが》る思いで頭を下げる。

「私を……っ、エリアスに会わせてください……っ！」

その時一瞬だけ落ちた間は、恐らくカイルの頭の中で思考が高速回転し始めたためだろう。

「うっわ。まじうっざい女。君、エリアスに振られたんだろ？」

なにを思ってか、カイルは侮蔑にも近い眼差しをドロシーに向け、追い払うような仕草でしっしっと手まで振ってくる。

「振られてません！」

「身持ちが堅い真面目ちゃんかと思ったら、そーゆー面倒くさいタイプだったんだ？」

思わずきゅっ、と唇を噛み締めて否定したドロシーへ、「歴代一位のウザさ」だとカイルは嘲笑する。

「誤魔化さないでください！」

「だから、君はエリアスにいいように遊ばれたんだって。オレたちの話、聞いてなかったわけ？」

「カイル様……っ」

くす、と向けられる冷笑に、ドロシーは必死に縋りつく。

「……どうして二人して嘘つくんですか」

ドロシーは今にも泣きそうになりながら必死に言葉を紡いでいく。

「なんでもしますから……！　お願いです！　エリアスと話をさせてください！」

エリアスが嘘をつき、友人であるカイルがその味方をしていることくらいわかっている。

けれどここで、カイルにエリアス側のままでいてもらっては困るのだ。

ドロシーにとって、もうカイルは最後の頼みの綱だった。

「〝なんでも〟？」

くすっ、と歪められた口の端に、ドロシーは反射的に息を呑む。

エリアスに会うためならば、なりふり構ってなどいられない。それでも。

「……え、えっちなこと以外なら……っ」

目を瞑《つぶ》り、顔を赤くしながら思わず放った追加の叫びに、カイルは「ぶ……っ」と吹き出した。

「さすがのオレも、親友の彼女を寝とる趣味はないかなぁ……？」

おおよそドロシーらしからぬその発言は、すっかりエリアスに躾《しつ》けられてしまった結果だろう。

「ていうか汗だくじゃん」

肩で息をするほど呼吸を喘《あえ》がせて。こめかみからは汗の雫《しずく》を伝わせて。ここに来るまでずっと、必死になってエリアスを求め続けていたドロシーに、カイルからは複雑そうな苦笑が洩れた。

「……罪つくりなヤツ」

そんなカイルからの思わぬ指摘に、ドロシーは小さく呪文を口にすると浄化魔法発動の杖を振るう。

ふわりと優しい風が吹き、ドロシーの髪や服をそよがせる。と、汗の消えたドロシーの肌に、カイルは驚いたように目を見張った。

「なんだ、ヤってないんだ」

あからさまな物言いに、ドロシーは瞬時にして赤くなる。意外だとばかりの声色に、どんな態度を返していいのかわからない。

「なにその反応」

口をぱくぱくと泳がせて言葉を失うドロシーに、カイルの不躾な視線が送られる。

「しっかりヤることヤっといて、さすがに最後の一線はアイツも留まった、ってトコか」

「そ、れは……っ」

勝手な憶測を組み立てていくカイルの呟きに、ドロシーは目を泳がせる。わざわざそれを否定して本当のことを話すなど、そんな恥ずかしい告白ができるはずもない。

ドロシーはあわあわと挙動不審な動きをし、それを見て取ったカイルはまぁいいやとばかりに嘆息し、じ、と真剣な瞳を向けてくる。

「君は、エリアスのなにを知ってるの？」

答え次第でどちらにつくのか決めようとしているかのような質問に、ドロシーはこくりと息を呑む。

「なにも知りません……っ。ただ、私をわざと突き放した、っていうことだけは……っ」

エリアスの身に、一体なにが起こっているのか。これから先のことを話し合おうとしたら拒絶された。

その一瞬でエリアスの心境にどんな変化があったのか、ドロシーにはわからない。

「本気で君に飽きたんだとは思わないの？」

「思いません……！」

問いかけに、ドロシーはきっぱりと断言する。

今までエリアスから告げられた言葉の数々が嘘だったとは思わない。

再会したあの日から、エリアスはいつも、紫の瞳の奥にどこか哀しそうな色を灯していた。なにか、物言いたげで、ドロシーに救いを求めているかのような寂しい色。

「自信過剰」

「なんとでも言ってください」

くす、と可笑しそうに笑われて、思わずむっとしながら開き直る。

わかっていないのだと。

「だって、そんな人じゃない」

ヤンチャで真っ直ぐだった男の子が、どうしてあんなふうに軟派になってしまったのかわからない。けれど、これだけはわかるのだ。エリアスの芯の部分だけは、あの頃から変わっていないのだと。

──『守るから』

それだけは。ドロシーに向けられた誓いは変わっていない。

だから、エリアスはドロシーを守るためにあんな態度を取ったのだろうか。

「お願いです……！　カイル様っ」

胸の前でぐっと両手を握り込み、心の底から乞い願う。

「なんとしてでも、エリアスの誕生日までには会って話さなくちゃいけないんです……！」

具体的な期限に、カイルはぴくりと反応した。

「……誕生日……？」

不審そうな目を向けられて、ドロシーはこくりと必死で首を縦に振る。

「って、確か明日……」

「嘘⁉　時間がない……！」

告げられたタイムリミットに、ドロシーは真っ青になって目を見開いた。

「エリアスの二十歳《はたち》の誕生日に、なにかあるの？」

なにか思うところがあるのか、眉を顰めたカイルは静かにドロシーに尋ねてくる。

「少し前から、なんとなく、エリアスは二十歳《はたち》にこだわってる部分があるような気がしてたから」

きっとその通りなのだろうそれを、ドロシーの口から答えを話してしまっていいものかわからない。

――『今回の厄災はわかっているの』

国家機密だと言っていた、ディアナの警告。

「……イイコト教えてあげる」

迷うように瞳を揺らめかせているドロシーへ、カイルはくすりと笑うと口を開く。

「エリアスは今まで、自分から誰かを口説いたことはないよ？」

尾ひれがついた噂が、さらに一人歩きをしていっただけ。

誤解されかねない賛辞を並べ立てていたエリアスに問題がないとは言えないが、エリアスの方から女性を口説いて誘ったことは一度もない。ただ、一夜だけという割り切った関係を求められれば、断ることはしなかったけれど。

そう言って、カイルはドロシーを真っ直ぐ見つめてくる。

「君だけ」

エリアスが自らの意思で手に入れたいと願ったのはドロシーだけ。

「いいよ。君とエリアスに大きな貸しだ」

動揺で揺らめくドロシーの瞳に、カイルはくすりと口の端を引き上げると、策士の笑みを浮かべる。

「エリアスのところに連れていってあげる」

第十話　露と消える時

　特待生であり真面目なドロシーが講義を受けていないと聞いた時、それはそうだろうと納得した。

　純潔を失ってしまった今、彼女はもう白魔法は使えない。どんなに勉強をしたとしても、その努力の意味はない。

　魔女になりたいと願う少女の夢を、自分は奪ってしまったのだ。

　ドロシーのことだ。もう魔女にはなれないことを――、純潔ではなくなってしまった事実を周りに知られることは、相当の覚悟が必要だろう。

　魔女を目指し、それを止めるということは、周囲にその理由を知られてしまうという代償も付き纏《まと》ってくる。

　本来ならば、きちんと責任を取るべきだ。

　ドロシーは、今までエリアスが関係してきた軽い女性たちとは違う。エリアスに寄ってきた新米魔女や魔女見習いたちは、ドロシーのように誰かを助けたいという高尚な気持ちで魔女を目指していたわけではなく、あっさりとその未来を捨ててしまえるような浅薄な女性たちばかりだった。

だから、純粋な乙女の願いを断ってしまった罪を、エリアスは償わなければならない。

ドロシーの夢を奪うつもりはなかった。夢を叶《かな》えてやりたかった。

なんだかんだと言い訳しつつ、結局は自分の欲望に負けたのだ。

──ただ、抱きたかった。

好きな子の身体の奥の奥まで入り込んで……、包み込んで欲しかった。自分の存在を刻み付けておきたかった。

愛しい少女を欲しいと思い、抱きたいと願ってなにが悪い。

この世界のために死んでやるのだから、それくらいの我が儘《まま》は許されるだろう。大人しく滅ぼされてやるのだから、少しくらいの好き勝手は当然だろうと。

そんな自分勝手なことを考えた。

──残される、ドロシーのことなど考えず、自分のことだけ。

自分が生まれてきた意味を知った時から、ずっと自暴自棄に生きてきた。歪《ゆが》んだ結果がこの軽薄な性格だ。そうでなければやっていられなかった。

優しい両親は真摯にエリアスのことを愛し、ずっと哀しんで泣いていた。一番目の魔女であったマーガリーは、必ず大魔女は現れるからと、ずっと奇跡の少女を探し続けていた。

けれど、それも今日で終わり。

約束の時までは残すところ数時間を切っていた。

「……マーガリー」

ここは、王宮の奥深くにある〝祈りの間〟と呼ばれている大きな部屋。祭壇のようなものが置かれている前で、驚くほど落ち着いた様子で最期の日を迎えているエリアスに、マーガリーの動揺の目が向けられる。

「エリアス？」

かつて一番目の魔女であったマーガリーは、〝未来視の魔女〟とも呼ばれ、いわゆる占いのような未来を視る能力に長けた魔女だった。

その〝未来視の魔女〟は、ずっと大魔女が現れることを予知していた。にも関わらず、最後の最後まで奇跡が起こることはなく、この日を迎えていた。

僅かな希望を抱いていたのは最初だけ。日が経つにつれ、それは諦めへと変わっていった。

もう、どうでもいい。自分はこのためにこの世に生み出された存在なのだから。とうの昔に全てを諦め、運命を受け入れている。

――ただ一つ、想定外の彼女との再会がなかったなら。

「……ちょっと、話があるんだ。その……、ドロシーのことで」

「ドロシー？　あの子がどうかした？」

不思議そうな目を向けてくるマーガリーの表情は平静を保ってはいるものの、今だ動揺と焦燥と……、ここまできても諦め切れない、色々な感情が滲んでいた。

「この前、例の発作が起こって」

声を潜めたエリアスの言葉に、マーガリーは僅かに反応した。

このことを知っているのは、エリアスの両親や国王夫妻、そしてマーガリーを含むごく僅かな人間だけ。

「いろいろ想定外のトラブルがあって……、たまたまドロシーがその場に居合わせて」

恐らくドロシーは、自分からは言い出すことができずに悩んでいるに違いない。ドロシーは優秀だ。魔女になれずとも黒魔法を習得すれば、将来困ることはないだろう。だから、せめて、ドロシーが学園中から後ろ指をさされることがないように。マーガリーに、その辺りを上手く取り計らって貰《もら》えたらと思っている。

「……まさか」

驚愕《きょうがく》に息を呑《の》んだマーガリーに苦笑する。

「……うん。そのまさか」

ドロシーを抱いたことに、後悔なんてしていない。

とても、至福の時だった。

その幸せな時間を過ごせただけで、もういいかな、と思えるほど。

けれど、胸は酷く痛む。

ドロシーの夢を摘んでしまった。そのことだけは、どんなに謝っても謝りきれない痛みだった。

「ごめんね？　せっかく将来有望な魔女見習いだったのに」

困っている人を助けたいと。純粋に人々の幸せを願う優しい少女。

きっと、素晴らしい魔女になったに違いない。

エリアスは、これからドロシーが救ったかもしれない人々の笑顔まで奪ってしまった。

他人のことなどどうでもいいが、いつか、ドロシーが苦しむ人々を前にして、エリアスに抱かれたことを後悔する日が来るかもしれないと思うと、胸が張り裂けそうな思いがした。

エリアスの命をほんの少し延ばすだけのために、夢をなげうったとてもとても優しい少女。

憎めばいい、と思う。一生、憎んで、エリアスのことを忘れずにいてくれたなら。

「ドロシーは……、あの子は納得しているの？」

しばらくの沈黙があった後、マーガリーはなぜかほんの少しだけ微笑んだ。

「……無理矢理奪ったわけじゃない」

「そう……」

苦渋の表情で唇を嚙《か》み締めるエリアスへ、マーガリーの優しい瞳が向けられた。

「だったら、いいわ」

あっさりと受け入れられた許しの言葉に、さすがのエリアスも動揺する。

発作を収めるためには仕方のない行為とはいえ、あの時ドロシーにも話したように、あの時点で全てを諦めるという選択肢もあったのに。

「いい、って……」

「あの子には、ちゃんと言ってあったもの。あの子が自分自身で決めたことならなにも言わないわ」

こくりと喉を鳴らしたエリアスに、マーガリーは優しく微笑んだ。

「でも」

そこでマーガリーは真剣な顔つきになり、エリアスを窺《うかが》った。

「それで？　あの子には全てを話したの？」

「……まさか」

言えるわけがない、と苦笑いするエリアスへ、マーガリーは途端責めるような目つきになる。

「どうして言わないの。そんなんじゃあの子を傷つけるだけでしょう……！」

真実を知らされることなく花を捧《ささ》げて。

そのまま、もう永遠に会うことも話すこともできなくなる。

そんなことは許されないと告げるマーガリーに、エリアスはぐっと拳を握り込む。

「お前たち魔女にそんなことを言われたくない……！」

直後、マーガリーは目を見開き、言葉を失った。

わかっている。これは八つ当たりだ。

魔女は、人々を救うためにいる。

厄災から国を守ることは、彼女たちの一番の使命。

マーガリーたちは、その役目をきちんと果たしているだけだ。

「……そうよね。ごめんなさい。でも……」

ごくごく普通の子供のように。否、マーガリーと母親に言わせれば、〝とてもいい子〟に育ってしまったエリアスに、周りのみなが普通の子のように接したいと思っていることを知っている。

「ごめん。感情的になった」

物言いたげに揺らめくマーガリーの苦しげな瞳の色に、エリアスはなんとも言えない表情で苦笑した。

身の内に生命《いのち》を宿し、腹を痛めて自分を生んだ母親と、その手伝いをしたマーガリーが、誰よりもエリアスの幸せを願い、心を痛めていることを知っている。

エリアスが誰を恨むこともなく、ほんの少しだけ歪みつつもここまで素直に育ったのは、注がれた愛情が確かなものだったから。そして……、幼いあの日の出逢《であ》いがあったから。

「……いいの。いいのよ、そんなこと……」

今にも泣きそうに顔を歪ませて、マーガリーはふるふると首を横に振る。

「ごめんなさい……。本当に、私は……っ、私たちは……っ」

この国を……、世界を守るために犯した罪。これから犯す罪。

まさか、こんなことになるとは思っていなかったと、マーガリーは唇を震わせる。

子供のいないマーガリーにとって、エリアスが我が子のように愛しい存在だったことはわかっている。

だから。

「別に謝る必要なんてない」

苦しむマーガリーを見下ろして、エリアスはくすりと苦笑した。

「オレは別に、ドロシーみたいに、みんなのために、世界のために、なんて高尚なことを考えてこの運命を受け入れたわけじゃない」

自分が生まれた——、生み出された意味を知った時、絶望を感じなかったわけじゃない。

それでも、驚くほど素直にそれを受け入れることができたのは、たった一人の少女の存在があったからだった。

「オレはただ、ドロシーの生きる世界を……、笑顔を、未来を守りたかっただけだ」

厄災は、人々を絶望に陥れるもの。

愛しい少女にそんな絶望を見せたくなかった。

幸せな未来を生きてほしかった。

いつまでも、笑っていてほしかった。

ほんの一時共に過ごしただけの少女のことを、どうしてこんなにも忘れられず、愛しいと思うのかわからない。

ぷりぷりと怒る顔も、楽しそうに自分の手を引く笑顔も、素直な喜怒哀楽を示す表情全てが好きだった。

「それなら……っ」

「うん。だから」

ならば全て話すべきだと告げてくるマーガリーへ、エリアスはにこりと笑う。

「嫌な男に遊ばれたんだって。振られたんだ、って。そう思って普通の恋を見つければいいんだよ」

恋人を失うことよりも、ただの失恋の方が残る傷は浅いだろう。しばらくは悲しみ、苦しむかもしれないけれど、その程度なら。その程度くらいは、自分のことを想ってほしい。

本当は。いつか少女が他の男のことを想い、恋を知っていくなんて許せないけれど。

本当は。一生自分のことを想っていてほしいけれど。

さすがに、それは望めないから。

いつか……、幸せになってほしい。

「オレのことは……、魔女になる夢を奪った最低の男として、一生恨んでくれればそれでいい」

愛してくれなくてかまわないから。忘れないでほしい。

憎しみでいいから、一生心に残っていてほしい。

素直な心に、生涯消えることのない大きな傷を刻み付けてやりたかった。

自分の望みが歪んでいることはわかっている。

けれど、そんなこと。もう知ったことではない。

世界のために消えるのだから、それくらいのエゴは許されていいはずだ。

「そろそろ、準備しないと」

〝厄災〟の本体へ行くために。

十三人の宮廷魔女たちが集まり始めたのを感じ、エリアスは哀しげに微笑《わら》った。

集まった十三人の魔女を搔《か》き分けるようにしてその人は走ってきた。

「エリアス……ッ」

「……母上」

薄水色の長い髪。若い頃は〝聖女〟と呼ばれていたらしい柔らかく優しい雰囲気は今も変わらず、けれどその大きな瞳からはぽろぽろと涙が溢《あふ》れていた。

「エリアス……ッ、私は……っ」

言葉をつまらせる生みの母に向かい、エリアスは苦笑する。

「オレを、生んでくれてありがとう」

エリアスが、この女性の胎内で育ち、生まれてきたことは確かな事実。

「オレは多分、幸せだったから」

この女性に、我が子として慈しまれ、愛されて育ったことは間違いない。その夫となった〝父親〟も、本当の父親以上にエリアスを愛し、時に厳しく時に優しく接してくれていた。

だからエリアスは、絶望に呑まれることなく生きてこられたのだ。

「感謝してる」

ドロシーと出逢い、愛することができたのも、全ては自分に生命《いのち》を吹き込み、心を育んでくれたから。

そのことだけは、感謝してもしきれない。

たとえそれが、世界を守るためで、己の贖罪《しょくざい》のためであったとしても。

「嫌……、嫌よ……、エリアス……」

エリアスのすぐ目の前にやってきた女性は、それ以上触れることを両隣の魔女二人に阻まれ、嫌々と首を横に振る。

伸ばしたその手は届かない。

この日が来ることを、互いに理解していた。その上で今日までそのことには触れず、普通の親子として接していた。彼女は、間違いなくエリアスの〝母親〟だった。

「……それじゃあ、行ってくる」

「エリアス……ッ！」

なんでもないことのように微笑《わら》って別れを告げるエリアスに、悲痛の声が上がる。

まるでちょっとどこかへ出かけてくるくらいの軽い挨拶だが、それは永遠の別れを意味している。

エリアスを必死に止めようとするその姿は、間違いなく母親の行動《もの》だった。

「……行きましょうか」

促され、踵《きびす》を返す。

目の前には、〝厄災〟本体の元へ向かう為の大きな転移魔法陣が光っている。

「エリ……、アス……」

泣き崩れる母親の気配を背中で感じながら、エリアスはその魔法陣の中へ姿を消した。


すでに日は暮れ、薄闇では月が不穏な雲に覆われていた。

「あ……っの……っ、クソ親父……！」

宰相である父親と会ってきたカイルは、ぎりぎりと唇を嚙み締めて口汚い言葉を放つ。

「カイル様……」

「知らないはずないのに、狸《たぬき》親父が……っっ！」

縋《すが》るように向けられる瞳に、カイルは唾でも放つように吐き捨てた。

カイルの父親はこの国の宰相だ。国の一大事に関わる国家機密を知らないはずがない。

けれど将来の宰相候補として有能な息子からの追及を、知らぬ存ぜぬの涼しい顔で通したのだと、カイルは悔しげに拳を握り締める。

「……ごめん。せっかくここまで来たのに」

「そ、んな……」

厳しい表情のまま謝罪され、ドロシーは愕然と言葉を失った。

このままエリアスと会えないなんて、耐えられない。

けれど、真っ青な顔になったドロシーへ、カイルはこくりと息を呑むと真剣な瞳を向けてくる。

「君、転移魔法は使えないわけ？」

自分の望む場所へ一瞬で移動できる、超高難度の黒魔法。

「そんな高度魔法、まだ見習いになったばかりの私が使えるわけないじゃないですか」

使えるものならばとっくの昔に使っている。

やっと基礎課程が終わって実践演習に取り組んでいる新米魔女見習い相手になにを言うのかと、ドロシーが泣きそうになりながら告げれば、カイルはあっさりとした表情《かお》を返してくる。

「でも、才能はあるわけだし」

「才能、なんて……」

どんなに知識を得て演習を重ねようが、そもそも才能がなければ魔法自体が使えない。

「異例の特待生に、今まで一度も弟子を取ったことのない一番目の魔女からの直々のスカウト。素質は充分だろ？　なら、試してみる価値はある」

自分の中の可能性を信じていないドロシーへ、カイルはその素質を指摘する。

「でも、私、転移魔法なんて一度も教わったこと……」

「オレが教える」

「えぇ⁉」

カイルにきっぱりと告げられて、ドロシーは驚いたように目を見開いた。

カイルが将来の宰相として有能であることは風の噂《うわさ》で耳にしたことがあるが、魔法に長けているとまでは知らなかった。

けれど。

「オレはもちろん転移魔法なんて使えないけど、頭脳戦だけなら信用してくれていい」

カイル自身が使える黒魔法は大したことのないレベルのものだと話しながら、それでも知識だけは誰よりもあると告げてくる。

「本来は呪文が形となって魔法陣を描くんだけど……」

近くに転がっていた木の枝を手にしたカイルは、僅かな月の光を頼りに地面へ複雑な魔法陣を描いていく。

それは本来、呪文を口にすることで描かれ、浮かび上がるもの。本来の流れとは全く逆の発想を試みようとしているカイルの姿を、ドロシーは固唾を呑んで見守った。

「魔法陣の仕組みと形だけは寸分違わず理解して記憶してるから」

自分の頭脳には絶対の自信があると言うだけのことはあり、カイルは複雑難解な魔法陣を、全く手を止めることなくさらさらと地面の上へ描いていく。

「こんなでも、補助くらいにはなるはずだから」

本来は呪文で描くはずの魔法陣を予《あらかじ》め描いておき、そこへ魔力を込めることで魔法を発動させる。

強引すぎるほど無理矢理な方法だが、理論上はできないことではないはずだとカイルは言う。

あとは、ドロシーの持つ可能性に賭けるだけ。

「一刻も早くアイツのところに行きたいんだろ？　だったら、転移魔法《コレ》以上の手段はない」

真っ直ぐ向けられる真剣な瞳に、ドロシーはこくりと唾を飲む。

「もう、時間がない」

告げられる残酷な現実に、ドロシーは足元で完成した魔法陣に目を落とす。じ……、と
その複雑な紋様を見つめ。

「やって……、みます」

「うん」

描かれた紋様を消すことのないように慎重にその中央へ足を踏み出し、目を閉じて額へ
魔力を集中させるイメージを作り出す。

（お願い……！）

魔法の発動には必ずしも杖《つえ》が必要とされるわけではないけれど、魔力操作の補助具とし

て、魔女見習いには必須アイテムとなっている。

魔女見習いとなって以来、肌身離さず持ち歩いているそれを祈るように両手で持ち、魔力を収縮させていく。

──会いたいの。

──会って、話したいの。

自分の知らないところで遠いどこかへ行ってしまうなんて耐えられない。

──助けたいの。

もし、それが叶《かな》わないのなら、せめて、傍に……。

（お願い……！　私をエリアスの元へ導いて──……！）

魔力のこもった杖の先を魔法陣の中心へ突き刺した。

その瞬間。

パァァァ……！　と、蒼白《あおじろ》い光が溢《あふ》れ、ドロシーの姿はその場所から消えさった。


〝厄災〟なるものがいつ生まれたのか、それは誰にもわからない。

ただ、太古の昔から存在し、千年毎に世界を滅ぼさんと牙を剝くのだと伝えられていた。

それは、時に大地を揺るがせ、時に嵐を呼び、時に山頂からマグマを吹き出して。

諸説ある中で、〝厄災〟なるものは、かつて魔の儀式の中で犠牲となった人々の怨念の塊だという話が有力視されているのは、生きとし生けるもの全てを滅ぼさんとする脅威が、それだけ容赦なく恐ろしいものだからかもしれない。

そして、その脅威が国を襲おうとする度に人々を守ってきたのが、大魔女と呼ばれる歴代の偉大な白魔法使いたちだった。

なんの因果か、大魔女は厄災が目覚める時期と時を同じくして現れる。

だから今から二十年前、厄災の兆しが見えた時、当時の宮廷魔女たちは震撼《しんかん》した。

なぜなら今世、〝大魔女〟は現れていなかったからだ。十二人の宮廷魔女たちを筆頭に、たとえ国中の魔女を集めたとしても、厄災を抑え込むことは不可能だと思われた。

そんな絶望的な状況の中、当時の宮廷魔女たちは、厄災復活までの時間稼ぎの方法を編み出した。

それは、〝厄災〟なるものを、人の形としてこの世に生み出すこと。人間《ひと》の器の中へ厄災を封じ込めておく限界は二十年。

当時、〝聖女〟と呼ばれた王家の姫君は魔女ではなかったが、才能溢れた強い魔力の持ち主だった。彼女は、自ら自分の身の内に〝厄災〟を宿すことを名乗り出て、一番目の魔女であったマーガリーと共に厄災を受け入れた。

そうして生まれてきたのがエリアスだ。

人間《ひと》の形をしているとはいえ、中身は〝厄災〟。どんなに狂暴で人の気持ちがわからない横暴な人間が誕生するのかと危惧していた人々の警戒に反し、エリアスは生みの母によく似たとても綺麗《きれい》で……普通の子供よりもよほど素直で可愛らしい子供だった。

その、予想外の現実に、マーガリーたちがどれだけ安堵し、それと同時に絶望したことか。

すくすくと成長していくエリアスに接するにつれ、愛情が芽生えていく。

こんなに可愛らしい子供をいつか滅ぼす——否、殺すことなどできるはずがない。

だが、希望はあった。

〝未来視の魔女〟と呼ばれたマーガリーは、大魔女が目覚めることを予言していたからだ。

大魔女であれば、厄災だけを滅ぼし、器《エリアス》はそのまま救えるかもしれない——。

エリアスの母とマーガリーは、そんな奇跡の少女が現れることを願い、信じた。

……それなのに。


空にはこれからの運命を表すかのように、遠く雷の光が見え、月は黒い雲によって隠されていた。ここは、最果ての地と呼ばれる場所。そこに、それは存在していた。

「これが、オレの〝本体《ちちおや》〟？」

生命がなにも存在していない枯れ果てた地。夜の闇の中で、大地の狭間に、赤い球体のようなものが浮いていた。

「……そう……、ね」

災いが凝縮された謎の物体。千年毎に甦《よみがえ》り、世界を滅ぼさんと牙を剝く。

「なんだか随分と禍々しいね」

その赤い球体からは目には見えないおどろおどろしいなにかが沸き上がっているかのように感じ、エリアスは他人事のようにそれを見つめる。

自分の本体とも言える存在にも関わらず、懐かしい気持ちも引き合う感覚もなにもないことが不思議で堪らない。

「だから過去の怨念だと言われているのよ」

頷《うなず》いて、マーガリーはふるりと身体を震わせる。

世界を滅ぼそうと蠢《うごめ》く存在だ。禍々しくないはずがない。

いつからここに存在しているのかもわからない。だが、この厄災が完全に目を覚ました時。それはこの大地に恐怖と滅びをもたらすのだ。

「それで？　具体的にオレはなにをしたら？」

隣にいるマーガリーへ問いかける。

十三人の魔女たちは、今、少し離れた位置でエリアスとマーガリーを囲むようにして立っていた。

「……なにも」

「なにも？」

静かに首を振るマーガリーに、エリアスは不審そうに眉を寄せる。

「貴方がここに来たことで、厄災は動き出すでしょう」

そうでなくとも、エリアスがここに来なければ、器の限界と共に厄災の方からやってくる。

器の限界は二十年。それは言葉通りエリアスの身体が無事でいられることを示しているわけではない。

エリアス自身の生身の身体は、もうだいぶ前に壊れかけていた。それを補強するためには、なぜか性的接触での魔力補給が必要だった。

エリアスが心身共に壊れれば、二十年の時を待たずとも厄災はその身体を喰《く》い殺し、甦っていただろう。

全ては、この時のために。

エリアスは己の運命を受け入れて生きてきた。

「……もうすぐ、貴方は貴方でなくなる」

厄災にその身を乗っ取られ、喰い破られる。

「なんだ。それならオレのすることは変わらないわけか」

以前から教えられていた己の運命を改めて告げられて、エリアスはあっけらかんと苦笑する。

「その前にオレは、自分で自分を殺す努力をすればいいわけだ？」

あの日、ドロシーが自分を受け入れてくれることがなければ通っていた道。

この身を依代《よりしろ》にして甦るというのなら、なるべくこの身体を痛めつけておくことが、厄災の力を殺ぐために効果的となるだろう。

刹那息を呑んだマーガリーの反応からもそれを確信し、エリアスはくすりと微笑《わら》った。

「エリアス……ッ、私は……っ」

「もういいよ、マーガリー。オレから離れて」

恐らく、マーガリーは、自責の念からエリアスとここで運命を共にすることを望んでいる。けれどそれを、エリアスは許すつもりはない。

「あとは、魔女たちがきちんとオレを殺してくれる」

だから十三人の魔女たちと共に自分を討ってほしいと語って、エリアスは柔らかな笑みを浮かべてみせる。

「大丈夫。オレはちゃんと殺されてみせるから」

それから、少しだけ考えるような素振りを見せて言い直す。

「……いや。ちゃんと自分で自分を殺すよ」

彼女たち魔女が、一生自分を殺した罪悪感を抱いて生きていくのだとしても、そこに同情する気は起きなかった。だから自分が暴走した後に、彼女たちの何人が厄災の犠牲になり、心に傷を負ってもどうでもいいことだった。

それでも、たった一つ。絶対に譲れないものはある。

「ドロシーのこと、お願い。オレの望みはそれだけだから」

彼女が慕い、憧れる宮廷魔女が犠牲になったなら、きっとドロシーはそれだけで悲しむだろう。そう思えば、確実に厄災を滅ぼす準備をしてきた彼女たちを犠牲にすることも憚《はばか》られた。

「それは……、もちろん」

「だったら、もう思い残すことはないから」

マーガリーには、これから先、ドロシーの良き理解者であってもらわないと困るから。

揺らめく瞳にエリアスは満足そうに頷いて、マーガリーの背を押した。

「ほら、早く。厄災《ヤツ》が来る」

禍々しい気配は、今にもエリアスを呑み込もうと手を伸ばしていた。

「……来いよ。オレの身体ごと、滅ぼしてやる」

厄災が、世界を滅ぼすための力を取り戻す前に。

「守るって、誓ったんだ」

幼いあの日の、幼い約束。

けれどそれが、エリアスの人生全てだった。

ただ一つ。思い出の中のあの小さな女の子を守りたくてここまで生きてきた。

再び会うことができるなんて思ってもいなかった。

成長して、再会して。変わらず愛しい存在だと思えた。

彼女をこの胸に抱けたことは奇跡だった。

だからもう、悔いはない。

自分がいなくなったとしても、彼女が幸せでいてくれるなら。

――グォォ……、ォオォォ……！

〝厄災〟がなにかを叫んでいた。

黒い靄《もや》のようなものが立ち上り、エリアスに向かって襲い来る。

「……ドロシー……」

幼いあの日の笑顔と、成長した少女の笑顔が閉じた目の奥に同時に浮かび。

腰に携えた剣を手に取り、そこに魔力を込めようとした瞬間。

「エリアス……ッ！」

「ドロシー……ッ⁉」

突然目の前に現れた少女の姿に、エリアスは動きを止めた。

第十一話　明日はきっと晴れ

「ぐ……っ、ぁあ……！」

　一瞬のその隙を、厄災は見逃さなかった。

　禍々しい怨念が身体の中に入り込み、全身を蝕《むしば》んでこようとする衝撃にエリアスは唇を嚙《か》み締める。

「エリアス⁉」

「ドロ、シーッ、なっんで、ここ、に……っ」

　突然目の前に現れた。つまりは転移魔法でやってきたということになるが、そんな高度魔法を使える者は限られている。そして、その限られた者の中でドロシーを手助けするような人間など……、と考えかけ、それよりも、と我に返る。

「離れるんだ……！」

「嫌！」

　命令にも似た叫び声に、ドロシーは間髪をいれずに拒否をするとむしろエリアスへ近づいた。

「もうオレはオレじゃなくなる……！」

「それでも！　離れない……っ」

身体の中でナニかが荒れ狂い始めているのを感じて焦燥の声を上げたエリアスは、きっぱりと言い切って目の前までやってきたドロシーに気圧され、ごくりと唾を飲み込んだ。

ルビーのように綺麗《きれい》な瞳は真剣そのもので、一切の迷いがない。

「ちゃんと話してくれるまで！　ううん、話してくれたとしても……！」

そうしてドロシーの手が伸ばされて、その指先がエリアスの腕に触れた途端、ピリリとした刺激が走った気がして反射的に身構える。

「それとも、本当に、私のことが嫌いになった？」

寂しそうに小首を傾けられ、エリアスは息を呑《の》む。

そんなふうに真っ直ぐな瞳を向けられてしまったら、突き放せなくなってしまう。

「私、なにか気に障るようなことをした？」

「違……っ」

思わず否定してしまったことに気づいて後悔してももう遅い。

「なら、よかった」

ほっとした様子で微笑まれ、そっと手を取られると、そこから癒しのような温もりが広がっていく気がしてなぜか泣きたくなってくる。

「だったら、どうして突き放すような真似をしたの」

「ドロシー……、頼むから……っ」

まるで、エリアスの全てを包み込むかのような優しさに、そのまま抗えなくなりそうで
どうか離れてほしいと懇願する。

「ドロシー！　どうして貴女がここにいるの……！」

そこへ、ディアナの焦ったような声が聞こえ、ドロシーは困ったように振り向いた。

「ごめんなさい。エリアスと話をさせてください」

「そんな時間はもうないの……！」

こちらに来なさい！　と上がる叫びを、ドロシーは申し訳なさそうに無視をする。

「私のこと、好きでしょう？」

エリアスの両手を優しく繋《つな》いだドロシーは、そう悪戯っぽく笑ってみせる。

「……エリアス」

途端、苦し気に歪《ゆが》められたエリアスの顔は、きっと全てを物語っていたに違いない。

「ねぇ、教えて。本当はなにを隠しているの？　なにを考えてるの？」

全て話してほしいと、ドロシーの優しい瞳が真っ直ぐエリアスを覗《のぞ》き込んでくる。

「足掻《あが》いて、って言ったじゃない。生きて、って言ったでしょ？」

抱えた苦しみを癒したいと、そう願うように持ち上げた指先へ口づけられ、エリアスの
身体はふるりと震えた。

「全部、教えて。私に、本当の貴方を」

瞬間、エリアスの全身に肌が粟立つような痺《しび》れが広がった。けれどそこに痛みはなく、感じるものは小春日和のような暖かさ。

身体中を蝕んでいた禍々しい怨念が浄化されたような気がして、その優しさに今までずっと抑え込んできた感情が溢《あふ》れ出す。

「怖いんだよ……！」

ドロシーの手をぐっと力を込めて握り返し、救いを求めて本音を吐き出した。

「死ぬことを受け入れられるはずないだろ……！」

世界の平穏のために生命《いのち》を捧《ささ》げる運命を告げられて絶望した。

本当は。ずっとずっと怖かった。

初恋の少女に会って、触れて、一緒に幸せな未来を生きたかった。

死ぬことを求められて平穏でいられるはずなんてない。

終わることを考えるとおかしくなりそうだったから、ずっと平気なふりをして刹那的に過ごしてきた。

なんでもない、たいしたことない。ずっと、自分にそう言い聞かせて。

本当は。ずっとずっと、狂いそうになる自分と闘っていた。

「でも、守りたいんだ……っ」

おかしくなりそうな自分を、唯一癒してくれた思い出の少女。

その女の子を守りたかったから。

だから、運命を受け入れた。

それでも、エリアスの真の願いは。

「本当は……っ、一緒に生きたい……！　でも……っ」

吐き捨てるように告げた苦しい吐露に、ドロシーは「やっと言ってくれた」とふわりと微笑んだ。

「それなら一緒に連れていって」


独りは怖いから。

どうしても逆らえない運命なら、二人一緒に。

「……ドロ、シー……？」

そう微笑むドロシーに、エリアスは固まった。

「それが聞きたかったの。エリアスの本当の気持ち」

ドロシーのことを好きだと言ったエリアスに嘘《うそ》はないと思った。けれど、エリアスがなにを考えているのかずっとわからずにいた。

今もまだ、どうして自分を突き放そうとしたのかはよくわからない。それでも、エリアスの本当の想いを聞くことができればそれで充分だった。

「離れない。傍にいるから」

そう誓い、そっとエリアスを抱き締めた。

「私も、エリアスを守りたい」

抱き締めて、今にも泣きそうな顔を見上げて優しく告げる。

「守りたいの」

そうして背伸びをすると、自らその唇に口づけた。

一瞬驚いたように目を見張ったエリアスは、しばらく迷うように腕を彷徨《さまよ》わせた後、ドロシーの身体を抱き寄せてくる。

「……ん……」

もう離さない、とでもいうかのように抱き締められ、ドロシーもそれに応えるように背中に回した腕に力を込める。

――この人を、独りで逝かせたりなんてしない。

そんな哀しい運命に囚われるなんて許さない。

――この人を、助けたい。

そのためなら、なんでもしてみせるから。

重なった唇に強い強い想いを込めて、ぎゅっとエリアスの身体を抱き締める。

触れるだけの、けれど長く甘いキスからそっと唇を離すと、ドロシーは恥ずかしさを隠すようにはにかんだ。

けれど。

「ドロシー！　そこをどきなさい……！」

「……ディアナ様」

エリアスを囲む十三人の魔女たち。その中心であるディアナの叫びに、ドロシーは困ったように眉を寄せる。

「ソレは厄災よ！　今討たなければ大変なことになる……！」

厄災から人々を守るために、ディアナたち宮廷魔女は並々ならぬ鍛錬をして運命のこの日を迎えていたのだろう。

エリアスは、人の形を取った〝厄災〟。

残酷であることはわかっていても、国のためにエリアスを滅ぼさなくてはならなかった。

厄災にその身を喰《く》われ、本物の脅威が世界を襲い始める前に。

「ドロシー！」

ディアナの杖《つえ》が振るわれて、牽制《けんせい》のために放たれた鋭い風の刃に、ドロシーは咄嗟《とっさ》に自分の杖を突き出した。

直後、音なき音と共にその攻撃は弾かれた。

「なん……!?」

「な……っ？」

ディアナはもちろん、マーガリーやエリアスまでもが驚きに目を見張る中、ドロシーの身体はふわふわとした金色の光に包まれる。

金色の光は降り注ぐ。

「ドロ、シー……？」

呆然《ぼうぜん》とするエリアスの身体にまで、金色の光は降り注ぐ。

「ごめんなさい。やっぱり一緒に生きたいの」

共に滅ぶのではなく、明るい未来を。

咄嗟に〝厄災〟を守ってしまったことを謝罪して、それでもドロシーは真剣な声色で言葉を紡ぐ。

「私のために、運命に抗って」

祈るように、願うように。

ドロシーの身体から湧き上がる金色の光は、エリアスの身体を包み込むように優しくその全身を満たしていく。

「貴方のことが好きなの」

だから。

負けないで。

抗って。

そのためならなんでもするから。

――救って、みせるから。

助けたいの。

守りたいの。

——だから——……！

「……なにが、起こっているの……？」

エリアスの身体を包み込むのは、眩《まばゆ》いほどに輝く癒しの魔法《ちから》。

驚愕《きょうがく》に息を呑むディアナの横で、マーガリーもまた信じられないものを見るかのようにドロシーへ問いかけてくる。

「ドロシー。貴女、白魔法が使えるの？」

癒しの魔法は、魔女にしか使えない高度な白魔法。

明らかにその魔法を紡いでいるドロシーへ、マーガリーは歓喜に唇を震わせながら、返される答えを待つ。

「は、はい……」

小さく返される頷きに、確信を持って確認する。

「……エリアスに、抱かれたのではないの？」

途端、真っ赤になって言葉を失ったドロシーに、マーガリーは張りつめた感情の糸が切れたように顔を覆って涙を溢《こぼ》していた。

「……そう。そういうこと」

「が、学園長⁉」

動揺するドロシーへ、マーガリーはふふふ、と可笑しそうに微笑んだ。

嬉《うれ》しくて。嬉しくて。

なぜなら。

「私が予知した大魔女の覚醒は、ドロシー、貴女だったのね」

それはもう、ずっとずっと。遙《はる》か前のことのように思う。

厄災を人の身にして時間を稼ぐと決めた時、迷いがなかったわけではない。けれど他に厄災から逃れる術のない現実に、それでもその道を選んだのは、必ず大魔女が現れるという予知があったからだった。

ずっとずっと求めていた、探し続けていた奇跡の少女。

「……エリアス。もう大丈夫よ」

自分の犯した罪が、こんなことで許されるとは思わない。それでも、マーガリーは確信を持って泣き笑う。

「今までたくさん苦しんだわよね。ごめんなさい」

謝っても謝りきれるはずがない。けれど、今だけは。

「もう、我慢しなくていいから」

マーガリーのそれらの言葉に、三者三様の戸惑いの目が向けられる。とはいえ今は、全てを説明している時間はない。

「……ドロシー」

「は、はい……！」

なにを言われるのかと身構えるドロシーへ、マーガリーは的確な指示を出す。

「そのまま、浄化の祈り《ちから》を厄災《エリアス》に」

この世界を──、そしてなにより、エリアスを救うために。

「……今、新しい予知が下りてきたわ」

目の奥に浮かんだ明るい未来に、マーガリーはにこりと微笑んで口を開く。

「その子の中から、厄災だけを消滅してちょうだい」

大魔女は、厄災から人々を守る存在《モノ》。

──この地に千年に一度の厄災が訪れる時、聖なる乙女は大魔女として目を覚ます──。

その、言い伝え通りに。

穢《けが》れなき祈りを捧げた少女は、大魔女として覚醒した。

大魔女が救う人々の中には、当然〝エリアスという人間〟も含まれるのだから。

「大魔女である貴女にならできるはず」

一体なにを言われているのかと戸惑う瞳は、それでも愛しい人を救えるかもしれない可能性に強い光を灯す。

「……できる……、わよね？」

「……はい……っ」

確信を持って向けられる問いかけに、ドロシーが力強く頷いた。

「ド、ドロシー……？」

こちらも困惑を隠せずにいるエリアスへ、ドロシーは恥ずかしそうに誘いかける。

「……キスして。いっぱい」

きっと本当は。身体を重ねた方が効果は高まる気がするけれど。

さすがにここでそんなことをするわけにはいかないから。

「必ず、助けてみせるから」

重ねた唇から、全力で癒しの魔法《ちから》をエリアスの身体へ注ぎ込むから。

「大好きなの。だから……、ん……!?」

性急に奪われた唇に応えるように、彼の首の後ろへ腕を回した。


いつの間にか、夜空からは一切の雲が消え、美しい月が輝いていていて。

世界は満天の星の煌《きら》めきに溢れていた。


きっと、明日は晴れるに違いない。

第十二話　星空で踊らせて

エリアスの部屋のソファに二人で座っていた。正しくは、ソファに座っているのはエリアスだけで、ドロシーはその膝の上に乗せられているような状態だったけれども。

「……最低」

なぜ、エリアスがドロシーを突き放すような態度を取ったのか。全てを聞き終わったドロシーは、呆《あき》れたような声色で半眼した。

「うん。ごめん……」

話を始めてから、こうしてエリアスが困ったように苦笑するのはもう何度目だろうか。

全てはドロシーを守りたくて取った行動だ。けれどドロシーにしてみれば、最悪、最低、酷い、の三点セットだったに違いない。

それでもエリアスの膝の上から下りることなく、時折髪やこめかみ、頬へと触れる指先や唇をくすぐったそうに受け入れているドロシーの姿は、それらの酷い仕打ちを許している証拠なのだろう。

「オレが全ての真実を知ったのは十六の時。……父と血の繋《つな》がりがないことを知ったのはもっと前だったけど」

両親の話を偶然聞いてしまった。それが、ドロシーと出逢《であ》うきっかけとなった。今となっては、その運命に感謝してしまうほどの出来事だ。

そして、いつまでも隠しておくことはできないと、物事を理解できる年まで待って、自分が生まれたことの意味を知った。

「真実を聞かされて、絶望した」

あと四年で死ななければならない運命だと告げられて。

自分が生きたいと望むことは、世界の破滅へ繋がると教えられて。

「でも」

その瞬間、世界全てを恨みかけて思い止まったのは。

「ココ、にドロシーがいてくれたから」

とんとん、と胸を指して微笑《わら》うエリアスに、ドロシーの瞳は揺らめいた。

「なんで、そんな……」

たった、一ヶ月。ほんの短い、幼い子供の思い出だ。

それを、なぜこうして大人になるまでずっと想っているのだと問いかけてくるドロシーに、エリアスは自嘲気味に苦笑する。

「自分でもよくわからない。でも、本当にずっと好きだったんだ」

幼いからこそ真っ直ぐ惹《ひ》かれ、なにものにも代えがたい記憶となった。

それは、こうして成長した少女に再会しても変わらない。

過酷な運命に翻弄されてなるものかと抗って、苦しんで。変に歪《ゆが》んだ結果、今の軽薄な人格が形成されていった。

全ては、自分を守るため。滅びの恐怖から逃れるための自己防衛。

苦しんだ過去を静かに語りつつ、愛おしげにその瞳を見つめれば、ドロシーは気恥ずかしそうに赤くなる。そんなドロシーの髪にキスを落とし、エリアスは甘えた声で囁《ささや》きかける。

「ねぇ、もう、いい？」

「なにが？」

きょとん、とした無防備な瞳を向けられて苦笑する。

「そろそろ限界、なんだけど」

言いながら、くい、と腰を押しつければ、ドロシーは自分のお尻の辺りに当たった硬いものの正体を察したらしく、真っ赤な顔のまま息を呑《の》む。それがエリアスの欲の塊であることなど、すぐに気づいただろう。

「抱きたい」

そのまま抱き上げ、ベッドへ運べば、ドロシーは大きく目を見開いたまま身を捩《よじ》る。

「待……っ」

それを無視して、エリアスはぽすん、とドロシーの身体を横たえた。

「ごめん。もう無理」

甘く甘く微笑むエリアスに、ドロシーは羞恥で全身を真っ赤に染めていた。


「ん……っ、ん……」

ちゅ……っ、ちゅ……、と、髪やこめかみ、頬にキスを落とされるだけで、ぴくん、と身体が反応する。

「厄災から人々を守るのが大魔女の使命でしょ？」

くす、と楽しそうに笑いながら、今度は額へ唇が落ちてきて。

「しっかりオツトメ果たさないと」

「……ぁ……っ」

するり、と脇腹を撫《な》でられただけで身体の奥から甘美な刺激が湧き上がる。

これは、マーガリーの憶測でしかなかったが、大魔女であるドロシーを抱いたことによって、その魔力が身体に取り込まれたために、エリアスはすぐに厄災に侵食されずに済んだのだろうということだった。

厄災は本来、そんなに簡単に抑え込めるものではない。つまりは。

「好きなだけ抱いていいって言ったよね？」

くす、と、エリアスの口元が楽しそうな笑みを刻む。

厄災の本体は、まだエリアスの中に眠っている。それが暴走しないように抑え込みながら、かつ、少しずつ浄化していくためには。

――『そのためなら、いくらだって抱かれてあげる』

エリアスの甘いキスを受け止めながら、初めて身体を繋げた時に告げた言葉を思い出す。その時の言葉通り、エリアスの未来を守るために、ドロシーは定期的に己の魔力を分け与えなくてはならない。その、意味は。

「ドロシーの身体全部で、オレを癒して」

「……ん……っ」

にこりと策士の微笑みで甘く囁かれ、唇が塞がれる。

「ん……、ん、ん……っ」

角度を変えて何度も何度も食むようなキスをされ、ドロシーの口からは甘い吐息が溢《あふ》れ出す。

「ん……っ、ん、ぅ……、ふ、ぁ……っ」

啄《ついば》むような優しいキスは、すぐにドロシーの舌を誘う淫猥《いんわい》な口づけとなっていき、互いの唾液が混じり合う水音が耳の奥まで響いて身体が燃えるように熱くなる。

「キスだけで酔いそう……。本当、堪らない……」

「あ……っ」

うっとりと呟《つぶや》いて、エリアスはもう抑えが利かないとばかりにドロシーの首筋へ吸い付いてくる。

「……あ……っ、エリ、アス……ッ」

舐《な》めては吸って。吸っては舐めてを繰り返し。本当にドロシーの全身を味わうようにして、執拗《しつよう》な口づけは下へ下へと降りていく。

「……ぁ……っ」

首筋や鎖骨、胸の周りと、時折ぴりりと感じる微かな痛みは、エリアスが己の所有の証を刻み付けているからだとわかれば恥ずかしくて堪らない。

「ぁ……、ぁあ、ん……っ」

柔らかな胸元を揉《も》みしだかれ、すでにツンと実り始めていた果実を口に含まれてびくりと腰が揺れた。

「ぁ……っ、ゃ、ぁあ……っ」

舌先でころころと転がされ、もう片方の果実は柔らかく押し潰したり摘まんだりを繰り返され、脚の間へじんわりとした熱が溢れてくる。

「ぁ、あっ、や、ぁあん……っ」

「大魔女の魔力のせい？　ドロシーの身体って、どうしてこんなにどこもかしこも甘いんだろう……」

本当に食べられてしまうのではないかと思うほど舌と唇で上半身を愛されて、びくびくと腰が跳ね上がる。

エリアスに愛されて立ち上る色香は、濃厚な魔力を含んでその身体を包み込むらしく、獰猛《どうもう》な欲の覗《のぞ》く瞳は光悦とした色も滲《にじ》ませていた。

「あ……っ、ぁ……っ」

甘い熱を溢れさせながら、ドロシーは抗えない快楽に身悶《みもだ》える。

ドロシーがエリアスを救いたいと願う想いが、自然と癒しの魔力を生み出して、穢れを浄化しているのだろうとマーガリーは言っていた。

エリアスを失いたくない。それは本当の気持ち。けれど、そのためだけにエリアスに身体を許したわけではない。

ドロシーも、エリアスに抱かれたかったから。

「エ、リアス……ッ、ぁ、あ……っ」

いつの間にか両の脚は開かされ、お臍《へそ》の周りや腹部まで愛されると、腰が揺れるのが止まらなくなってくる。

「善《よ》さそうだね……」

「ひ、ん……っ」

ちゅ……っ、と。内股の皮膚の弱い部分に口づけられて身体が跳ねた。

「や……っ、待……っ。ぁ、あ……っ、あ……！」

内股からふくらはぎ、足の指先にまで唇を這《は》わされて、身体の奥からとろとろとした愛液が溢れ出す。

「は、ん……っ」

反対側の脚の肌も、掌と唇で同じように愛されて。

「……すごい……、びしょびしょ……。溢れてる……」

「や……！」

脚の間を覗き込んだエリアスから洩《も》らされた感嘆の吐息に、ドロシーは真っ赤になって身を捻る。

けれど、実際に逞しいその腕から逃れられるはずもなく、しっかりとドロシーの腰を固定したエリアスは、蜜の溢れ出る泉へ優しく唇を寄せてくる。

「ひぁ……!? や……っ、や、ぁ……っ。ぁあ……っ、ん！」

溢れた愛液を舐め取られ、そのまま舌先が蜜壺の浅い場所まで潜り込んでくる。

「すごいね、ドロシー。次から次に溢れてくる……」

「言わな……っ、ぁあ……！」

なまあたたかな舌の感触はただでさえ気持ちよくて仕方がないのに、さらに陰核を指先で撫でられて、びくん！　と背中が仰け反った。

「そ、こ……ぉ……！　や、ぁあ……っ」

余りの快楽に腰ががくがくと震え、生理的な涙が溢れ出す。

「あ……っ、ぁあ……っ、だ、め……ぇ……！　や……っ、ぁあ……っ」

少しでも熱を逃したくて首を振るも、腰はぐすぐすと蕩《とろ》けていき、エリアスに与えられる快楽だけしか感じられなくなってくる。

「まだ二回目だしね。よく解しておかないと」

「や……っ、も、ぅ……っ」

エリアスはそんなことを言うけれど、すでに蜜口はその先を誘うように厭《いや》らしく愛液を滴らしているのがわかってしまう。

「ダメだよ。ドロシーにはちゃんと気持ち良くなってもらいたいから」

余りの羞恥心に耐え切れず、もういいからと懇願すると、エリアスは優しい囁きを口にする。

「指、入れるね？」

「ぁ、ん……っ」

宣言されたかと思えば構える余裕もなく、つぷ……、と潜り込んできた異物の感覚に内股が震えた。

「あぁ……、すごい……。熱くてトロトロ。ひくひくとオレを誘って、いやらしい」

洩らされる感嘆の吐息は否定できるものがなにもなく、嬉《うれ》しそうにエリアスの指に絡みつく蜜壁の動きを感じてドロシーは腰を揺らす。

「こんなに溢れて、もったいない」

「ひぁ……!?」

長い指をゆっくりと抜き差しされ、溢れる愛液を吸われてがくがくと細腰が痙攣《けいれん》する。

「ぁ……っ、ぁあ……っ、ん……！」

くちゅくちゅと鳴り響く淫猥な水音に聴覚を犯されてなにも考えられなくなってくる。

いつしかドロシーの蜜壺には二本の指が埋められて、陰核をエリアスの唇に舐められ、食まれ、自ら誘うように腰を揺らしていた。

「ぁあ、ん……っ。も、ぅ……っ、だ、め……ぇ……！」

すぐそこに頂が見えてきて、甲高い悲鳴が上がる。

けれど。

「これだけトロトロになってれば大丈夫かな？」

「あ……っ」

くす、と意地悪い笑みと共に指を引き抜かれ、ドロシーの唇からは物寂しそうな吐息が洩れた。

「な、んで……」

切なげに揺らめく瞳に、エリアスはくすりと笑う。

「なにが？」

わかっているだろうに問い返され、ドロシーは羞恥に息を呑む。

「ドロシーには、オレのでイッてほしいから」

甘い笑みと共にちゅ、と内股の際どい場所に吸い付かれて腰が震える。

「いっぱいイかせてあげる」

エリアスがドロシーの膝裏に手をかけてきた意味に気づけば、反射的に首をふるふると振ってしまう。

「い……っ、ぃい……！」

「オレので気持ち良くなって」

甘すぎる笑顔が恐ろしい。

けれど、蜜口に熱い屹立《きつりつ》が押し当てられたのを感じると、ドロシーの身体は期待するかのようにふるりと揺れていた。

「ほら……、挿《い》れるよ……？」

「あ……っ」

ぐ、と蜜口を押し開かれ、先端部分を含まされる感覚に甘い吐息が零れ落ちる。

「ぁ、ぁ、あ……っ」

ゆっくりとドロシーの胎内《ナカ》へ潜り込んでくる脈動を感じ、蜜壁は悦ぶように熱い怒張に絡みつく。

「ほんと……っ、挿《い》れただけで持っていかれそう……っ」

「あ……っ」

奥歯を食い締めたエリアスが、ドロシーと同じ快楽を分かち合っているのかと思うと、それだけでじんわりと胸が満たされていく気がした。

「でも……っ」

なにかを堪えるかのように奥歯を噛《か》み締めたエリアスはくすりと口の端を引き上げて、ドロシーの細腰を摑《つか》み直すと少しだけ身を引いた。

「ひぁぁ――――……!?」

そうしてぐ……！　と一気に奥まで貫かれ、ドロシーは絶頂に嬌声《こえ》を上げてガクガクと腰を震わせる。

「……く……っ」

「ぁ……っ、あ……っ」

「やらしいね、ドロシー。これだけでイッちゃうんだ?」

深すぎる快楽に光悦とした表情で喘《あえ》ぎを溢《こぼ》すドロシーへ嬉しそうに笑ったエリアスは、そのまま緩やかに腰を揺さぶってくる。

「ひ……っ、ぁあ……っ、や、ぁ……！　動か、な……っ、ぁあ……っ」

絶頂の余韻の中でまた新たな快楽を与えられ、ドロシーは嫌々と首を振る。

「ゆっくり、ね?」

けれど甘い悲鳴を上げるドロシーに優しく微笑《わら》い、エリアスはゆるゆると腰を押しつけてくる。

「ゆっくり、軽くイき続けさせてあげる」

「い、や、ぁ……！　や、ぁあ……っ、ん……っ」

揺さぶられ、ぐちゅぐちゅと下肢が交わり合う音が響いて思考回路が溶けていく。

ぞくぞくとした甘い痺《しび》れが止むことなく襲ってきて、ドロシーはただ身悶えて喘ぐことしかできなくなっていた。

「ぁあ……！　や、め……ぇ……っ、イク……っ、また、イッちゃ……っ」

がくがくと腰を揺らしながら、指先を噛み締める。

それをエリアスの手がそっと外し、耳元へ甘い囁きを落としてくる。

「いいよ。ずっと気持ち良くなってて」

「ぁ……っ、ぁあ……っ」

「気持ちいい？」

泣き濡れて嬌声を上げるドロシーに、エリアスの欲に掠《かす》れた疑問符が注がれる。

「や……っ、だ、め……ぇ……！　これ……っ、おかしく、な……っ」

昇りつめたまま戻れない。頭の奥にチカチカとした光が舞い、怖いほどの快楽に、ドロシーは目の前のエリアスへ縋《すが》りつく。

「すごく善さそうだね……。めちゃくちゃ蕩けた表情《かお》してる」

「や……、ぁあ……っ、怖……っ、も、やめ……、ぁ、あん……」

ぎゅ、とその背中に腕を回せば嬉しそうに微笑まれ、さらに奥まで暴かれる。

「ひ、ぁあ……！」

「可愛い、ドロシー」

深いところまで穿《うが》たれて悲鳴を上げるドロシーに、エリアスはキスの雨を降らせていく。

「も……っ、だめ……っ……、っねが……」

生理的な涙を溢し、絶え絶えに洩らされる懇願に、エリアスの瞳が獰猛な色を灯す。

「ね。気持ちいい、って言って」

「……ぁ……っ、や……、ぁ……っ」

「オレに抱かれて気持ちいい、って」

もうほとんど理性を飛ばしかけているドロシーの耳の奥へ、刷り込むような甘い囁きが注がれる。

「オレも、すごく気持ちいいから」

「や……っ、ぁあ……っ、ん……」

その、少しだけ掠れた吐息にぞくぞくとした痺れが背筋を犯していって、ドロシーは小刻みに身体を震わせる。

「ドロシーと一つになれて。こんなふうに抱けて。すごく、気持ちいい」

「あ……っ、エリア、ス……ッ」

その囁きはとても甘く嬉しそうで、ドロシーがうっすらと目を開けると、幸せそうに微《わ》笑《ら》うエリアスの姿が映り込む。

それは、ドロシーも同じ気持ち。

ドロシーがただの魔女だったなら、こんなことはできなかった。

好きな人に抱かれる幸せも心地よさも、一生知ることはできなかった。

「ね？　ドロシー。イイ、よね？」

「ん……っ」

誘い出すような声色でカリ、と耳たぶを噛まれてぞくぞくする。それに最後の羞恥心が焼き切れて、ドロシーは甘い嬌声を放っていた。

「ん……っ、気持ち、ぃ……っ、い、ぃ……、から……ぁ……っ」

甘い啼き声を上げながら、自らもエリアスの動きに合わせるように腰を揺らし始めたドロシーに、エリアスは満足そうな笑みを溢す。

「好きだよ、ドロシー」

「あ……っ、私……、も……っ」

圧倒的な快楽に翻弄されながらも、ドロシーは健気にそれに応えてエリアスの首に縋りつく。

「離さない」

「ぁ……っ、や、も、ぅ……っ」

埋め込まれた半身にきゅうきゅうと絡みつく蜜壁は、ドロシーの限界を訴えていて、エリアスはまた一つ優しいキスを贈ってくる。

「一緒にいっぱいイこう？」

「ぁ……っ、ぁあ……っ」

ぐ、と腰を掴み直し、エリアスが自分も果てるべく律動を速めた。

「……愛してる」

「エリア……ッ、あ……――――っ」

身体の奥。熱い飛沫《しぶき》を注がれるのを感じながらまた昇りつめ、ドロシーは歓喜の嬌声《こえ》を上げて身体を仰け反らせる。その後も緩くて甘い快楽に囚われて、ドロシーは熱に蕩けた啼《な》き声を響かせ続けていた。

エリアスの胸元に顔を寄せていた。温かな素肌を感じる優しさが心地よい。

「……ドリィ」

「なぁに？」

髪を撫でながらかけられた声に、ドロシーはまだぼんやりとした幸せに浸りながら視線だけを上げる。

「結婚して」

「……え……？」

そして、言われた言葉に固まった。

「あとでドロシーのご両親にも挨拶に行くから」

けれどエリアスはそんなドロシーの反応など気にすることなく、改めてドロシーを抱き締め直すと甘く微笑みかけてくる。

「え……、でも……、その……」

突然そんなことを言われてもどうしたらいいのかわからない。

エリアスのことは好きだと思う。

これからも一緒にいたいと思った。

未来を共に生きたいと思ったから、ドロシーはエリアスへ純潔を捧《ささ》げることを決めた。

つまりそれは、突きつめれば〝結婚〟という二文字に繋がるのだろうけれど。

「ドロシーは魔女になるんでしょ？」

そう確認しながらエリアスは苦笑する。

純潔でなくなっても白魔法を使うことができるともなれば、ドロシーがその夢を諦める理由はない。

エリアスにしてみれば、そんな大変な道を選ばず、二人で穏やかな生活をしたいと思っているのかもしれないが、それは無理な話だった。

白魔法が使えるというのに、人々の笑顔から顔を背けられるはずがない。

「だったらオレは大魔女《ドロシー》付きの護衛騎士とかになれたらなぁ、なんて思うんだけど」

魔女は一般的に白魔法も黒魔法も使いこなすが、決して万能なわけではない。

平和な世の中とはいえ、〝大魔女〟ともなれば形ばかりの護衛は必要になるだろうからと、エリアスはその道でドロシーと共にいることを望んだ。

――『守るから』

いつか交わした約束。

その約束を、これからもずっと。

「二人でご実家の定食屋さんを継ぐのも悪くないけどね」

エリアスはドロシーの顔に触れると優しい仕草で頬を撫でてくる。

「でも、国は大魔女を手離したりしないだろうし」

千年に一度の大魔女の覚醒だ。この国にはすでに優秀な宮廷魔女たちがいるが、大魔女の存在は全く別格だ。

「オレと結婚するの、嫌？」

首を傾げるエリアスに、ドロシーは途端真っ赤になって否定の言葉を口にする。

「そんなこと……っ」

「だったら……」

魔女でありながら結婚する。それは誰にも咎《とが》められることではない。

だから一緒になろうと告げられて、ドロシーは恥ずかしそうに顔を赤く染めながらも、エリアスから拗《す》ねたように視線を逸らす。

「～～やり直しっっ！」

ぷい、と顔を背けて唇を引き締める。

「え？」

驚いたようにきょとん、とするエリアスは、今まで数多の女性を口説いてきた手練手管をどこへやってしまったのだろうか。

「プロポーズ！」

ドロシーは頬を膨らませ、羞恥で朱色に潤んだ瞳でエリアスへ恨めしげに口にする。

「するならもっと時と場所を考えてちゃんとして！　そしたら……」

「……そうだよね。ごめん。わかった」

ドロシーの言いたいことを理解して、そう甘く微笑《わら》うエリアスに、今更ながら顔が沸騰するように熱くなる。

それでも。

恋をするつもりがなかったドロシーだって、蓋を開けばただの年頃の女の子だ。求婚される姿を考えた時には、素敵な夢を抱いてしまう。

「今度、ちゃんとするから」

ちゅ……、と軽く髪へキスを落とされて、恥ずかしくて堪らない。

そうしてそんなドロシーへ、エリアスは甘く甘く幸せそうに微笑《わら》う。

「期待してて？」

「……っ」

真っ赤になって言葉を失いつつ、ドロシーは完全に恋に恋する女の子となって、期待にドキドキと胸を高鳴らせるのだった。

＊＊＊

「……そうか……、大魔女が……」

一番目の宮廷魔女であるディアナから大魔女覚醒の報告を受けた偉大な王は、甥《おい》でもあるエリアスの生還に安堵《あんど》する様子を見せつつも、複雑な表情となって重苦しい声を洩らしていた。

「……はい……。これで、一応の脅威は去ったかと」

厄災は滅ぼされたわけではない。いくら大魔女とはいえ、そう簡単に消し去れるものではない。恐らくは、今もまだエリアスの中で眠った状態ではあるだろうが、それは定期的に大魔女による癒しの魔力《ちから》を与えられることにより、少しずつ消えていくものと思われた。

あの時、厄災は、エリアスを糧に復活することに僅かな躊躇《ちゅうちょ》を見せていた。それは、エリアスがすでにドロシーから癒しの力を受け取っていたために、本能的ななにかが拒否を示したためだろう。すでにエリアスの中の厄災は弱まっていたのだ。だからエリアスは、最後の最後まで正気を保つことができた。

「だが、大魔女は、王妃となることが決まり事だ」

これは大々的に知られた歴史ではないが、大魔女となった少女は、これまで厄災を討ち滅ぼした後は王の妃となって国を支える役目を果たしてきた。

「大魔女の血は、必ず王家に継がせなくてはならない」

そうして王家は、代々偉大な魔力を受け継いできたのだ。

エリアスの中の脅威の力は完全に消し去らなくてはならないが、大魔女の魔力《ちから》を王家に継いでいくことも重要なことだった。

重苦しい吐息をついた王は、ディアナへ厳しい目を向けて宣言する。

「すぐにでも、王太子であるアランと、大魔女ドロシーの婚約発表を」

王命に、「畏まりました」と深々と頭を下げるディアナの姿があった。

第十三話　月に叢雲　花に風

「申し訳ありませんでした……っっ！」

　エリアスと共に学園へ一歩足を踏み込んだ瞬間。全生徒が揃《そろ》っているのではないかと思えるほどの光景と、一斉に頭を下げて口にされた謝罪の言葉に、ドロシーは思わず身を引いてしまった。

「な、なに……？」

　さりげない仕草で肩を抱いてきたエリアスに、思わず助けを求めるような目を送る。

「君が大魔女として覚醒した、って話は、もう学園中に広まってるよ」

「……カイル様」

　そこへ、ひょっこりとカイルが顔を覗《のぞ》かせて、飄々《ひょうひょう》と笑いながら事情を説明してくれる。

　大魔女は、王族とも対等に渡り合うことのできる宮廷魔女よりもさらに上の存在。ドロシーがそんな立場になったと知れば、今までドロシーをいじめてきた生徒たちも、さすがに事態の重さに気づいて真っ青になっていた。

　大魔女への不敬は、国に仇《あだ》なすことにも等しい愚かな行為と言えるだろう。

けれど、自分がそんな大層な存在《モノ》になったという自覚の乏しいドロシーは、そんなことよりもとカイルの方へ向き直る。

「あの……、その節はありがとうございました」

「まさかこんな結果になるとはね。びっくりだよ」

カイルとは転移魔法で見送られてそれきりだった。エリアスの元まで辿《たど》り着き、こうして二人で無事にここにいられるのも彼の手助けがあったからこそで、ぺこりと丁寧に頭を下げたドロシーに、カイルはやれやれと肩を竦《すく》めてみせる。

「大魔女ドロシー」

と、そこへ、生徒たちの中から進み出てくる人物があって、ドロシーの前で足を止めると深々と頭を下げて謝罪する。

「今までの数々の非礼、ここにいる生徒全員に代わって私が謝罪致します」

「ティーナ嬢」

今までヴァレンティーナがドロシーに辛く当たったことはないものの、公爵令嬢という立場上、生徒たちを代表して誠実な態度を取ってみせた気高い少女に、エリアスは驚いたような表情を浮かべ、ドロシーは思わず動揺してしまう。

「そんな……」

「それから」

顔を上げてください、とドロシーが口を開くより前に、ちらり、と視線を上げたヴァレンティーナは、そのままスカートを持つと綺麗《きれい》な礼をする。

「この度は、王太子殿下、アラン様とのご婚約、おめでとうございます」

「……え……？」

「こちらも、生徒を代表してお祝い申し上げます」

なにを言われたのかわからなくて固まったドロシーにヴァレンティーナは祝辞を口にして、エリアスもまた信じがたい祝福の声に、一瞬にして厳しい空気を醸し出す。

「……それ、どういうこと？」

真剣な表情で眉間に皺《しわ》を寄せるエリアスへ、ヴァレンティーナは意外だとばかりに目を見張る。

「あら。エリアス様ともあろう方がまだご存知なかったのですか？」

それは、純粋な驚きで、ドロシーの胸に嫌な心音が響く。

「大魔女は王の正妃となるのが古来よりの習わしだと父より耳にしましたが」

ヴァレンティーナの父親は、王家を除けば最も身分の高い公爵家当主。貴族院の中心《トップ》を担う立場にあれば、それくらいの情報は入ってくるのだろう。

「王と共に国を支え、その魔力《ちから》を尽くすのが大魔女の役目だと」

魔女は、純潔でなければならない。だが、大魔女だけは例外だということは、なぜか秘匿されているらしかった。

「ですからドロシー様は、卒業後には現王太子であるアラン様とご結婚なさるのでしょう？」

にこりと悪気なく笑われて、指先から凍りつくような寒気に襲われた。

ドロシーの肩を抱いたエリアスの腕にも、ぐ、と力が込もり、微かな震えが伝わってくる。

「エリアス……」

「……あとで、一緒に王宮に来て」

潜めた声で告げられて、ドロシーはこくりと頷《うなず》き返していた。


天は、まるでドロシーの心を映しているかのような、どんよりとした曇の広がる灰色の空だった。

謁見願いを出すべく王宮の回廊を歩いていると、まるでドロシーたちを待ち構えていたかのように出迎える人がいた。

「いらっしゃい」

「ディアナ様」

にこり、と微笑むディアナは相変わらず魅力的だ。

「師匠、でしょ？」

そんな、気品も優雅さも、凛々《りり》しさまでも持ち合わせているディアナにくすり、と意味ありげに笑われて、ドロシーはおずおずと顔を上げて口を開く。

「お師匠、様」

たとえドロシーが〝大魔女〟として認められたとしても、師弟関係は変わらない。そもそも絶対的に知識も修行も足りていない今のドロシーは、ただ魔力が高いだけで魔法を使いこなすことのできない未熟者だ。

だから、ディアナは変わらずドロシーの師で。ドロシー自身、これからもディアナの元で学んでいきたいと思っているけれど。

――けれど、なにか……。

「あの……」

「アラン殿下との婚約、おめでとう」

なぜか居心地の悪さを感じて視線を彷徨《さまよ》わせるドロシーへ、にこりとした笑みが向けられる。

祝福を口にするディアナから、どこか威圧的なものを感じるのは気のせいだろうか。

「それは……っ」

「今日は、そのことで叔父上……、陛下に会いに来たのですが」

思わず言葉をつまらせるドロシーの後を継ぐように、一歩前へ進み出たエリアスが、ディアナへ真剣な目を向ける。

だが、じ……、と探るような眼差しを向けられてたじろいだ。

ディアナの艶やかな唇が、言葉を紡ぐべく酷くゆっくり開いていって。

「ダメよ」

強く、厳しい声色でディアナは緩く首を振る。

「ダメよ、ドロシー」

悪いことをした子供を戒めるかのように、ディアナはドロシーの行いを否定した。

「私は、王命を受けてここにいる」

「王、命……？」

それは、大魔女となったドロシーと、未来の王である現王太子との婚約に関することだろうか。

こくりと無言で頷いたディアナは、厳しい空気をますます張りつめ、ドロシーの肩へ手を置いた。

「貴女は大魔女になったの。その責務は当然果たすべきものでしょう？」

魔女は、人々のために在る存在。そして大魔女ともなれば、国を支えていく役割がある。

「でも……っ、私は……っ」

「魔女でい続けることには代償が伴う。そんなことは最初からわかっていたはずよ？」

ドロシーの肩に置いたディアナの手に力が込められる。

魔女は、純潔でなければならない。だから、恋は御法度。それは、人々の幸せのため。

魔女になることを望むということは、自分を犠牲にしても他人の幸せを守りたいと願うこと。それは、大魔女となればなおさらだ。

ドロシーは、覚悟を決めて魔女になることを望んだ。ならば、大魔女として目覚めた今、国に尽くすべきだとディアナは口にする。

「厄災を完全に払うまでにはまだ時間がかかる。そして、アラン殿下と婚約したとしても、正式な婚姻はまだ先でしょう」

ディアナの真剣な瞳が、大魔女として課せられた使命を受け入れろと訴える。

「それまでは見逃していい、もらえるそうだから、くれぐれも周りに悟られないように行動してちょうだい」

それは、つまり、どういうことか。

ディアナの言っていることが理解できずに動揺するドロシーは、それでも妙な不安感に、耳の奥で嫌な心拍音が響くのを聞いていた。

「エリアス様には騎士という肩書きもあることだし、貴女の護衛騎士という大義名分もちょうどいい目眩《めくら》ましに……」

「待ってください……！」

そこで、淡々と説明を続けるディアナの話を遮ったのは、ドロシーではなく、それらの言葉の意味をすぐに理解したエリアスだった。

「そんな勝手なこと……っ」

穢《けが》れを祓《はら》い、エリアスへ癒しの力を与えるためには身体を繋《つな》げることが一番有効な方法だけれども、今はもうそこまで危機的状況に陥ってはいない。恐らくは、抱擁や軽いキスなどでドロシーが己の魔力《ちから》をエリアスに与え続けていけば、時間と共に厄災の脅威は薄れ、消えていくだろう。

つまりは、婚約期間中は多少の触れ合いを許すものの、最終的には決別しろと。そういうことを言いたいのだと推測された。

「王命に、逆らうの？」

「王命、って……、そんな……」

エリアスを睨《にら》むようにして向けられた視線に、ドロシーは思わず首を振る。

まだまだ自覚はないけれど、自分に大魔女としての魔力《ちから》が与えられたことは理解する。けれどそれが突然未来の王妃になることに繋がり、現王太子と婚約することになるなど、展開が早すぎてついていけない。

ドロシーはただ、エリアスを救いたかっただけ。

エリアスを失いたくなくて……。ずっと傍にいたいと願っただけ。

それが、なぜ。

どうしてこんなことになるのだろう。

「……だったら仕方がないわ」

ふう……、と吐息をついたディアナがなにかの詠唱を口にする。

それにハッとしたドロシーとエリアスが身構えるより前に、足元へ大きな魔法陣が出現した。

「実力行使させてもらうまでよ」

杖《つえ》が大きく振るわれ、魔法陣が蒼白《あおじろ》く発光する。

「ディアナ様……!?」

その直後、驚きに目を見張ったドロシーは、エリアスと共にその場から姿を消していた。


なにが起こっているのかわからないまま、転移した場所はどこかの深い森の奥のようだった。近くには川が流れ、視界の先には絶壁から滝が流れ落ちている。そんな、自然の木々に囲まれた空間。

「な……!?　……く……っ」

あまりにも不意を突かれて避けることもできなかったエリアスは、ディアナが生み出した黒い蔓《つる》のような拘束具でぐるぐると大木に巻き付けられ、その締めつけに顔を歪《ゆが》ませる。

「エリアス……!」

咄嗟《とっさ》に駆け寄り、その蔓をほどこうと手を伸ばすものの、当然魔法でできた拘束具が壊せるはずもない。

「ディアナ様っ、なにを……!?」

振り返り、揺らめく瞳で批難すれば、ディアナは真剣そのものの顔で上向けた掌の上へ黒い球体のようなものを作り出す。

「本来厄災は滅ぼされるべきもの。だから、在るべき形に還そうとしているだけよ」

今、ディアナが展開させている魔法は、攻撃力に長けた黒魔法。

淡々と告げられるその言葉の意味が、厄災を身に宿すエリアスを討ち滅ぼそうとしていることだとわかり、ドロシーは咄嗟に両手を広げて懸命にディアナへ訴える。

「止めてください……！」

千年毎に甦《よみがえ》る厄災は討たれるべきもの。

そして、大魔女となったドロシーは、王家にその血を継ぐという義務がある。

それらの問題を解決すべく動くディアナへ、ドロシーは縋るような叫びを上げる。

「ディアナ様……!?」

その手からは、強大な破壊の魔力《ちから》が感じられた。

それを防ぐためには、同じ魔力《ちから》をぶつけて強引に破壊するか、防御壁を作って対抗するか――、だけれども。

「魔力も才能も、大魔女である貴女の方が遥《はる》かに高いかもしれないけれど、それでもまだ実力は私の方が上よ」

くすり、と美しい笑みを溢《こぼ》し、それからディアナは自信に満ちた表情《かお》でにこりと微笑《わら》う。

「エリアス様も」

木の幹に拘束されたエリアスは、なんとかそこから抜け出そうと踠《もが》くものの、込められた魔力が綻ぶ気配は全くない。

「貴方の魔力の強さは、元々厄災からの借り物。皮肉なことに、ドロシーのおかげでかなり弱まっているわ」

「え……？」

その言葉に、ドロシーは大きく腕《て》を広げたまま目を見開き、動揺する。

エリアスが〝天才〟と呼ばれるほどの魔力を持っていた理由。一握りの人間しか使えないはずの転移魔法さえ、軽々と操ることができていた理由。

それらは全て、エリアスが〝厄災〟を宿していたがためのものだったと言われ、ドロシーの胸はどくりと嫌な音を立てて冷たい血流を生み出していく。

つまりは、ドロシーがエリアスの中の厄災を祓えば祓うほど、エリアスの魔力は弱まっていくということか。

「今の貴方なら、きっと私一人でも討伐できる」

「止めてください……！」

じ、とエリアスを見つめるディアナの冷ややかな視線に、ドロシーはふるふると首を振る。

「厄災が消滅すれば問題は全て解決できるもの」

「ディアナ様……っ、どうして……」

確かに問題は解決できるかもしれないが、ディアナが滅ぼそうとしているものは、たとえ厄災とはいえ〝人間〟だ。つまりは、〝人殺し〟とも言える行為。

なぜ、そんなことができるのか。エリアスという存在は、ディアナにとってはあくまで〝人の形を模した厄災〟でしかないということなのか。

いろいろな感情と思いがごちゃまぜになって泣きそうになるドロシーへ、最後通牒《つうちょう》とばかりにディアナの冷たい視線が向けられる。

「大人しくエリアス様と別れてアラン殿下の妃になりなさい」

「そ、れは……」

それをドロシーが受け入れれば、ディアナのこの行動は止まるのだろうか。けれど、そうは思っても、どうしても……、たとえこの場を凌《しの》ぐための嘘《うそ》だとしても、すぐに頷けない自分がいた。

——だって。ドロシーが一度魔女となる夢を捨てたのは、エリアスのことを好きになってしまったから。

幼い頃からずっと胸に抱いていた夢さえ捨ててエリアスを選んだ。

その覚悟と想いは、簡単に手離せるものではない。

そんな、答えにつまるドロシーの動揺に、ディアナは切り捨てるように告げた。

「だったら、こうするしかないじゃない」

刹那、ぶわり、とディアナの足元から風が舞い、その不穏な魔力の波動に目を見張る。

そして。

「やめてぇ――――っ！」

その黒い風が鋭い刃となって襲いかかってくる様を愕然《がくぜん》と見つめながらも、ドロシーは咄嗟に拙い防御魔法を紡ぎ出す。

その瞬間。

「ディアナ……！　止めなさい……！」

ドロシーの目の前でそれらは弾かれ、少し離れた位置から焦燥の声が割って入ってきた。

「学園長!?」

「師匠!?　どうしてここに……っ」

相当急いでやってきたのだろう。肩で大きく息をついてそこに立っていたのはマーガリーだ。

「エレーナ様に頼まれたの」

「母上に……？」

ドロシーの背後から、小さな疑問の声が呟かれる。どうやらマーガリーが口にした〝エレーナ〟というのはエリアスの母親――つまりは現国王の姉――のことらしい。

ゆっくりとこちらへ向かって歩いてくる師の姿を見つめながら、ディアナは苦しげな表情で唇を噛み締める。

「これは王命です……！　邪魔をするのでしたら、師匠相手だからと手加減はしません！」

言いながら、ディアナの足元からは荒々しい風が渦巻いた。

今や実力も立場もディアナの方が上。けれどマーガリーは臆することなく、自分が育てた愛弟子へ鋭い目を向ける。

「本当にそれは王命だと言うの……！」

「そうです……！　これが国の意思……！」

ディアナはほんの一瞬だけ迷うように瞳を揺らめかせ、それでもきっぱりと断言すると、辺りへ旋風を巻き起こす。

「だから、私は……っ」

ディアナの腕がなにかを振り切るように振るわれた。

「ディアナ様……っ、止めてください……！」

直後、鋭い刃のようなものが生み出され、それが障害物《ドロシー》を迂回《うかい》するようにエリアスへ迫っていく様に、ドロシーの口からは悲痛な叫び声が上がる。

――お願い、やめて。

――エリアスを傷つけないで……！

その瞬間、想いは形となって、金色に淡く発光したドロシーの身体からエリアスを守るための盾が出現していた。

「――――っ！」

ディアナの放った黒い刃は、その光の中へと掻《か》き消えて。

「邪魔をしないで……！」

あくまでも〝厄災〟を守ろうとするドロシーの姿に、ディアナの顔は苦しげに歪められる。

それは、ディアナもエリアスを排除することを心から望んでいるわけではないという葛藤を表わしているかのようで。そして、もしそうであるなら、ディアナの前に立ち塞がらないわけにはいかなかった。

「嫌です！　ディアナ様に誰かを殺させるなんて、そんな残酷なこと……っ」

強い意思と気持ちを込めた想いを叫べば、ディアナの瞳は驚いたように見開いた。

「ディアナ様……！」

確かにディアナたち宮廷魔女は、ずっと厄災を滅ぼすべく魔力を磨いてきたのだろう。

それは、この地に生きる人々のため。その笑顔を守るため。

厄災を身の内に宿しているとはいえ、エリアスという一人の人間を殺したいと思っていたわけでは決してないのだと、ドロシーは信じている。

「ディアナ！　冷静になりなさい……！」

ドロシーと共に必死に叫ぶ師の叱咤《しった》の声を耳にして、ディアナの顔は歪んでいく。

「どうして⁉　どうしてよ……！」

そうしてディアナから洩《も》れ出た声は悲痛なものだった。

「私は……、私は、ずっと。ずっと、大魔女になるために努力してきた……っ」

今にも泣きそうに震えるディアナの身体からは、黒い靄《もや》のようなものが立ち上る。

「そのために……、身を切る思いで恋だって諦めたのに……！」

陽炎のように揺れる黒い影は、とても禍々しい気配を漂わせ、それは最果ての地で触れた厄災を思わせるものだった。

「ディアナ、様……」

「それなのに、どうして……っ」

苦しい気持ちの吐露と共に、ディアナの背後に黒い気配が広がった。

「ずっとずっと努力してきた……！　いつか、大魔女になるために……！　女としての幸せだって諦めて……！　それなのに……！」

――憎い憎いにくいニクイ。

――どうして私が。

――痛いクルシイ。

――誰かタスケテ。

頭の中に不協和音が響き、ドロシーは頭痛を覚えてこめかみに手を置いた。

それらの叫び《こえ》は、ディアナのものであってディアナのものではない。

――〝厄災は、かつて魔の儀式の中で犠牲にされた人々の怨念から生まれたもの〟。

厄災が生まれた理由の一説だ。

真実はわからない。そしてもしそれが本当のことだとしても、厄災なるものが人に取り憑《つ》くようなことがあるのかどうかもわからない。それをいうのなら、元々一時的とはいえエリアスの中へ厄災を封じ込めておくこと自体が荒業だ。

人間《ひと》
そのせいなのか。なにか、イレギュラーなことが起こっているとしか思えない。

「私は今まで、なんのために……！」

悲痛な叫びに、ズキリと心に痛みが走る。

顔を覆ったディアナの背後には、まるでその身体を呑み込もうとしているかのようなおどろおどろしい闇が立ち上っていた。

「私なんて……っ」

「ディアナ様……！」

思わず飛び出し、手を取った。

――ディアナは、幼いあの日にドロシーを救ってくれた偉大な魔女。

ディアナが助けてくれなければ、ドロシーとエリアスは今、ここにいなかったかもしれない。

「ディアナ様は素晴らしい魔女です」

ぴくり、と、ディアナの肩が震えた。

それと同時に、ディアナの背後で渦巻いていた黒い怨念のようなものも動きを止める。

「ディアナ様は私の憧れで、目指すべき存在です」

取った手に優しく触れ、ドロシーは真っ直ぐディアナの顔を見上げる。

恋を諦めてまで魔女となることを選んだ。それは、決して独りよがりの虚栄心などではない。

魔女のみが使うことのできる白魔法は、人々を守り、助けるためのものに違いない。

宮廷一の地位と権力だけが欲しくて、ここまで上りつめてきたわけではないだろう。

「私は……、今もまだ本当はちょっと信じられないですけど……、大魔女と言われる魔力《ちから》を持っているかもしれませんが、まだまだ未熟な魔女見習いです」

真摯な瞳で告げるドロシーの身体からは、ふわふわとした淡い光が浮いていた。

それは、穢れを祓う癒しの力。

聖なる光がディアナの背後で蠢《うごめ》く闇ごとその身体を包み込み、禍々しい気配は少しずつ消えていく。

「お師匠様」

きゅ、と握った手に力を込めて、ドロシーは微笑んだ。

「これからも、私にいろいろ教えて導いてほしいです」

「ドロシー……」

闇は消え、ドロシーの言葉に顔を上げたディアナの瞳は、戸惑いに揺れていた。

「許して……、くれるの……？」

正気を取り戻したディアナの瞳は子供のようにあどけなく、どこか怯《おび》えた様子も窺えて、ドロシーは小さく苦笑する。

「許すもなにも」

一体なにが起こっていたのか、正直よくわからないけれど。

それでも、一つだけ。

一番目の魔女である責務を果たそうとしているディアナは、ドロシーの尊敬すべき女性《ひと》だった。

「王命、だったんですものね？」

だからディアナにはなんの非もないと、ドロシーは悪戯っぽく笑う。

その場には、柔らかな陽の光が射し始めていた。


ディアナとマーガリーは一足先に国王の元へ向かい、ドロシーはエリアスと共に謁見室へ続く王宮の回廊を歩いていた。

「おや。これはこれは、我が未来の花嫁殿ではないですか」

そこへ、優雅な足取りで近づいてくる影があり、思わず足を止めたエリアスがなんとも複雑そうな表情を浮かべる。

「……アラン」

つまりは。

「王太子殿下……？」

市中に出回る姿絵などでは見たことがあるが、ドロシーが実際に会うのは初めてだ。

碧緑《へきりょく》色のさらりとした髪に、黒い瞳。白を基調とした青色の覗く衣装は、まさに〝王子様〟そのものだ。エリアスの従兄であるアランは、ドロシーよりも二つ年上の二十一歳のはずだった。

この人が？　と、不躾《ぶしつけ》ながらもまじまじとその顔を見つめてしまうドロシーへ、アランはにこりと微笑みかけてくる。

「貴女のような可愛らしい人を妃に迎えられるなど、私は果報者です」

そうして流れるような仕草でドロシーの手を取って甲へとキスを落としてくるアランは、あまり顔は似ていなくともさすがエリアスの従兄というところだろうか。

「アランッ」

驚きに硬直するドロシーを自分の手元へ引き寄せて、エリアスは批難の声を上げる。

「なんてね。冗談だよ」

対して、アランはくすりと笑って肩を竦めてみせる。

「だけど君がねぇ……？　すっかり腑抜《ふぬ》けちゃって」

それからしっかりドロシーの肩を抱いて警戒の眼差しを向けてくるエリアスへ、アランは意外だとばかりの感嘆を洩らしながら面白そうな笑みを口元へ刻み付ける。

「あ、あの……」

「大魔女殿におかれましては、初めまして、だね。エリアスの従兄のアランだ。よろしく」

それなりに気安そうな二人の会話に、どうしたものかと困惑しているとにこりと微笑《わら》われ、ドロシーは僅かな緊張を覚えながらも口を開く。

「は、初めまして。ドロシー・シャルロッテです」

今日が初対面にも関わらず、すでにアランとの婚約話が進んでいるなどなんて可笑しな話だろう。

それが上流階級の常識だと言われてしまえばそれまでだが、平民であるドロシーには理解に苦しむものだった。

「父上……陛下のところへ行くんだろう？　案内するよ」

あっさり踵《きびす》を返して先を歩き出したアランに、ドロシーはおずおずとした目を向ける。

「あの……」

「ん？」

ちら、と向けられる瞳はとても柔らかく朗らかだ。

顔は似ていないが、その優雅さと高貴な雰囲気はやはりエリアスと同じものを思わせて、少しだけドキドキしてしまう。

「その……、アラン様は……、その……、こ、婚約、に関しては……」

おずおずとしたドロシーの問いかけに、アランは事も無げににこりと微笑む。

「オレには王太子としての責務があるからね。結婚は国のためのものだと理解している」

自分の立場を弁え、律して。そんなふうに割り切られてしまうと、自分はただ我が儘《まま》を通そうとしているだけなのではないかと思わされてしまう。

「でも」

ちら、とエリアスへ視線を投げてアランは苦笑する。

「仕方がないことだと言われればそれまでだけど、さすがに従弟から相思相愛の恋人を奪うような真似は心が痛まないわけじゃない」

颯爽《さっそう》と前を歩いていたアランが足を止めた。

「だから君たちが陛下を説得できるなら、オレは自分から動く気はないよ」

振り返り、にこりと笑ったアランの肩越しには、謁見室へ繋がる豪奢《ごうしゃ》で重厚な扉が見えた。

「アラン……」

欲しいものがあるのなら足掻けばいいと、どこか挑発的にも見える瞳を上げたアランへ、ぐっと拳を握り締めるエリアスの姿があった。


まるで物語の世界に来てしまったかのような、絵に描いたような〝王様との謁見〟風景だった。

少し高い位置にある、赤い布張りに金縁が光る豪奢な椅子に腰かけた国王を前にして、ドロシーは緊張に身体を強張らせる。

アランとドロシーが同じ年頃であることを考えると、国王はドロシーの両親たちと同世代だろう。若く見える国王は、金色の髪にアランと同じ黒い瞳をして、厳しい表情でエリアスとドロシー、そしてなぜかついてきたアランを見下ろしていた。

「……国王陛下」

一歩前へ進み出たエリアスが、恭しく頭を下げて礼を執る。

「お忙しい中、時間を割いていただきありがとうございます」

それにドロシーも慌てて倣い、ぎくしゃくと慣れないながらも礼をする。

「いや。私も一度お前たちときちんと話さなければと思っていたところだ」

宮廷魔女を引退したマーガリーはその場にはいなかったが、そう口を開いた国王の傍には一番目の魔女であるディアナが控えていた。

恐らくは、先にディアナからある程度話を聞いているのだろう。国王は気難しい表情を顔に浮かべ、

「まずはドロシー嬢。この度は……」

なにかを話し始めたその瞬間。

バターン……！

勢いよく開かれた背後の扉に、ドロシーは思わずそちらへ振り返る。

「アルベルト！　一体どういうことなの……！」

突如現れた女性は、場の空気など省みず、つかつかと国王——アルベルトの前まで歩いていく。

「……姉上」

「母上⁉」

〝アルベルト〟と呼ばれた国王の姉であり、エリアスが驚いたように〝母〟と呼んだその女性——エレーナは、一度くるりと振り返ると、たった今の怒気はどこへやら、にこにことした笑顔を向けてくる。

「エリアス。それにドロシーちゃんも！　お会いできて嬉しいわぁ。でも、ごめんなさいね。挨拶はまたあとでね」

そうして本当に嬉しそうにドロシーたちへ笑いかけたエレーナは、すぐに一転、キッ……！　とアルベルトを睨みつける。

「国のために、これ以上この子を犠牲にするなんて許さないわ……！」

段差も構わず玉座まで辿り着き、お説教をするように身を乗り出すエレーナに、アルベルトは気圧されたかのようにどうどうと手を出して身を引いた。

「姉上！　落ち着いてください……！」

「これが落ち着けるものですか！」

怒りを露わにアルベルトへ迫り、エレーナはきっぱりと断言する。

「この子は私の子よ……！」

夫との間にできた子供ではないけれど、それでも自分のお腹を痛めて生んだ子供には違いない。血は繋がっていなくとも、エレーナがきちんとエリアスを愛し、慈しんで育ててきたことは聞いている。

「初めは確かに、国の平穏のために産んだ子供だったわ……！」

苦し気に、エレーナは自分の思いを口にする。

世界を守るために産み落とした子供。

けれど生まれたその子は可愛くて、愛しくて。

過酷な運命を背負わされた子。必ず、大魔女が現れることを信じて。いつか、救われる日を信じて。

ずっとずっと。我が子の運命に心を痛め、幸せを願っていたのだとエレーナは泣きそうに顔を歪ませた。

「どうしても大魔女の血を王家に入れたいのなら、そんなことをしなくても、エリアスとの子供をアランの子の妃として迎えればいいじゃない……！」

もっともだと言える意見に、アルベルトはぐっ、と息をつまらせる。

「だが……っ、これは慣例で……っ」

今までずっと、厄災を祓った大魔女は、王の妃となって共に国を支え、人々のために尽くしてきた。

そもそも厄災が人の形と成し、大魔女と恋に堕ちるなどありえない出来事だ。想定外すぎて、今までの型に当てはめること自体が難しい。

それでもこれは今までの歴史の中での慣例で、もし万が一、エレーナの言うように互いの子供を婚姻させるとしても、そう上手くドロシーとエリアスの間に女の子が生まれるとも限らない。

エリアスは人間の子供として人の形を成して生まれたが、どこまで人間と同じなのかわからないのだから。

「そんな慣例知るものですか……！　これ以上この子を苦しめないで……！」

慣例はあくまで慣例だ。古くからずっとそうだった、というだけで、絶対的な決まりや法があるわけではない。

すでに定着している物事を変えることには勇気がいるが、それは王の権限で変更することは可能なはずだった。

「この子はもう充分すぎるほど苦しんだ。本当だったら今頃ここにいないはずの子よ……っ」

そう叫ぶエレーナの声は泣きそうに震えていた。

「私たちの……、世界の平和のために……っ、殺されていたはずの子……！」

もし、大魔女があのまま現れなかったとしたら。ドロシーが大魔女として目覚めていなかったとしたら。

そのまま厄災の器として糧になり、狂気に呑まれ、この世に災厄をもたらす前に討たれていたことだろう。

「全部私たちの勝手よ……！　どんな償いも許されないわ」

　この子はなにも悪くないのに……と、エレーナは顔を歪ませる。

「母上……」

「こんなに優しいいい子に生まれてくるなんて思っていなかったの。ごめんなさいね。本当に私たちの勝手で」

　思わず後ろから声をかけたエリアスへ、エレーナは静かに微笑みかける。

「悪魔を産むのだと覚悟していたの」

　そう呟いて、エレーナは語った。

　厄災の化身として生まれた子を二十年、どう制御していけばいいのだろうと、日々膨らむお腹を眺めながら悩んでいた。

　けれど、生まれた子供はとても可愛らしい男の子で。

　すくすく育ち、普通に淡い恋をして。初恋の女の子を守るために騎士になりたいと言われた時、陰でどれだけ泣いたことかわからない。

　その恋は。夢は。叶《かな》わないかもしれないなどと言えなくて。

　限られた生命《いのち》で、望む未来は訪れないかもしれないなんて。

　大魔女が覚醒したとしても、生命《いのち》を救うことができるとは限らない。やはり、滅ぼすしか選択肢はないのかもしれない。

　けれど、藁《わら》にも縋る思いで願っていた。

　どうか、どうか、この子に優しい未来を、世界を……、と。

「……こんなにいい子に育ってくれて嬉しいの。ありがとう」

いつまでも隠してはおけないと真実を話した時。どれだけの絶望に襲われたことだろうと、その時のことを思い出したらしいエレーナの瞳には涙が浮かぶ。

「だから、ここから先は、なんとしても貴方の幸せは私が守るから」

母親として。それだけは必ず約束すると告げるエレーナへ、今度はドロシーの瞳が不安定に揺らめいた。

「でも……」

エレーナの言うことは理解した。

ただ、いつかエレーナと同じように〝母〟となるかもしれない日を思えば、ドロシーにも同じ〝母親〟として子供の幸せを願う母性がある。

自分たちが幸せになるために、まだ見ぬ子供を将来の妃として差し出すことを約束するなんて。

それは、未来のためにエリアスを犠牲にしようとした考えと、ある意味同じなのではないだろうか。

たとえ王族の婚姻が国のためのものだとしても、ドロシーにその考えはとても許容できるものではない。

「……そうだね」

そんなドロシーの想いを察してか、そっと肩を抱き寄せてきたエリアスは、優しい瞳でドロシーのことを見下ろしてくる。

「どうしてもオレたちの娘を妃に迎えたいというのなら、頑張って惚《ほ》れさせてもらわないと」

それなら問題ないでしょ？　と茶目っ気たっぷりの口調で微笑《わら》い、「ね？」と首を傾げた後に、黙って今までのやりとりを見守っていたアランへ挑発的な瞳を向ける。

「それはこっちのセリフだろう」

自分の息子の方こそ二人の子供に見向きもしないかもしれないと、ふふん、と鼻で笑うアランに、エリアスは自信満々の態度で断言する。

「オレとドロシーの子だよ？　魅力的でないわけがない」

もし、生まれた娘が別の人と恋をして、王妃となることを拒んだなら。その時はその時で考えればいいと、エリアスはドロシーへ強く語った。

愛しい少女が生んでくれた我が子を、絶対に不幸にはさせないからと。

「だからその時は、正妃一人を愛し抜くって誓わせて」

側妃を置くことなく、たった一人を愛し抜いて。

「それだけ魅力的な女性に育てばな」

ふん、と鼻を鳴らしたアランとエリアスは、悪友のような空気を纏《まと》って笑い合う。

「……エリアス……」

「大丈夫だよ。ドロシーも子供も、オレが必ず守り抜くから」

不安気にエリアスを見上げれば、はっきりとそう誓われて、ドロシーは静かに頷いた。
「うん……」
未来のことはまだわからない。
けれど、二人で共にいられるのなら。
きっと、どんな困難にも立ち向かっていけるから。
——晴れやかな、明るい未来を。

エピローグ　明日天気になぁれ

問題が全て綺麗《きれい》に解決したわけではないけれど、それでも不安材料はかなりなくなったように感じられた。

これからも、宮廷一の魔女であるディアナは献身的に国を支えていくことを誓い、エレーナの説得もあり、国王はドロシーとアランの婚姻を白紙に戻してくれたようだった。

「ちょっと、付き合ってくれる？」

そんな、謁見室からの帰り道。困ったような苦笑で誘いかけてくるエリアスへ、ドロシーは首を傾げて瞳を瞬かせる。

「エリアス？」

「本当は、あの秘密基地に行けたら良かったんだけど……」

王宮の大きな建物から離れ、美しい庭園すら見向きもせずに通り越していくエリアスについていきながら、ドロシーはきょとんとする。

エリアスは、一体ドロシーをどこに連れていこうというのだろう。

「……なんか、転移魔法は使えなくなっちゃったみたいで」

「え……」

ふいに口にされた衝撃の告白に、ドロシーは一瞬息を止めると目を見開いた。

――『貴方の魔力の強さは、元々厄災からの借り物』

ドロシーがエリアスの中の厄災を祓《はら》えば祓うほど。エリアスの魔力は弱くなっていくのだと。

エリアスが紛れもなく〝ただの人間〟となっていることを意味しているのであれば、喜ぶべきことなのかもしれないが、どうしても複雑な思いは拭えない。

〝天才〟と呼ばれたエリアスの魔力《ちから》は、こうして薄れていってしまうのだから。

「でも、それくらいだよ」

肩を竦《すく》めて苦笑して、エリアスは心配しなくていいからと微笑んだ。

「オレが実際にあの母とどれくらい血の繋《つな》がりがあるかはわからないけど、母はとても魔力の高い人だったから」

だった、という過去形は、エレーナが厄災を身に宿し、それを抑え込みながらエリアスを産み落とすために全ての魔力を使い果たしてしまったからだと聞いている。

そこには多少の引け目を感じないこともないけれど、エレーナはそんなことなど些細《ささい》なものだと笑っているらしかった。

それは紛れもなく母親の愛で――、〝聖女〟と呼ばれたエレーナらしいと思えた。

「魔法騎士として、ドロシーを守っていく立場は誰にも譲れない」

〝天才〟と呼ばれるほどの黒魔法を使いこなすことはできなくなったとしても、元々の〝人間の器〟が持つ魔力だけでも充分やっていく自信があると言って、エリアスはドロシーを守り続けることを口にする。

そして、そんなことを話している間に辿《たど》り着いたのは、エリアスとドロシーが逢瀬《おうせ》を重ねていたあの場所だった。

「大人になって木登りするのは……、アレだね」

今までであれば、転移魔法で直接木の枝に座っていたのだが、こうなるとそうもできずに、エリアスは大木を眺めて苦笑する。

子供の頃は平気で登っていた木も、大人になると儘《まま》ならない。

そこでふいに身体を横抱きにされ、ドロシーの口からは驚き混じりの悲鳴が上がる。

「きゃあ……!?」

「なにし……っ、――!?」

瞬間、ぶつぶつとなにか詠唱したエリアスの足元から旋風が巻き起こり、二人の身体を勢いよく持ち上げた。

「うん。やっぱりここから眺める景色はいいね」

ふわり、と風が舞い、そっと枝に腰かけたエリアスは、ドロシーを隣に座らせる。

それからドロシーの手を取ると、真っ直ぐ顔を覗《のぞ》き込んでくる。

「ドリィ」

「な、なに……？」

じ、と真剣な瞳で見つめられ、ドロシーは思わずこくりと息を呑《の》む。

「ドロシー・シャルロッテ嬢」

「エ、エリアス……？」

言い直され、ドキリと心臓が高鳴った。

アメジストのように綺麗な紫の瞳に囚われて、ドキドキとした鼓動が刻まれる。

「卒業したら、オレと、結婚してください」

本音を言えば卒業前でも構わないけれどと付け足して、エリアスは懐から〝なにか〟を取り出した。

「そ、れ……」

陽の光を受けてキラキラと輝くそれは、美しい宝石に飾られた婚約指輪だった。

「母がね、譲ってくれて」

ドロシーの左手を取りながら、エリアスは苦笑する。

「ドロシーに合わせて後で作り直させるけど、今はこれで我慢して」

急いで用意したためにそこまでは間に合わなかったと謝罪して、エリアスは手元の指輪を眩《まぶ》しそうに見つめる。

「オレに、これを譲るのが夢だったんだって」

エリアスには、一応、〝兄弟〟と呼べるような弟たちがいる。

父と、母とが、きちんと愛し合って生まれた子供。

しっかりと血の繋《つな》がった子供たちがいるというのに、自分が夫から貰《もら》った大切な婚約指輪を譲るという意味を、エリアスはきちんと理解しているようだった。

きっとエリアスは、母の愛を疑ったことはないのだろう。きちんと愛され、慈しまれてきたからこそ、エリアスは〝人間〟として育つことができたのだろうと思う。

全ては、母から与えられた無償の愛のおかげ。

それを思えば、エレーナには感謝の気持ちしか浮かばない。

こうしてドロシーと出逢い、愛し合うことができたのも、全てエレーナがエリアスをこの世に産み出してくれたからなのだ。

「受け取って……、くれる？」

「……うん」

静かに向けられた問いかけに、ドロシーはゆっくりと頷《うなず》いた。

左手の薬指へそっと滑らされるそれを見つめていると、エリアスからちらり、とした視線を投げられた。

「じゃあ……、プロポーズの返事は？」

きゅ、と根元まで指輪を嵌《は》めながら、少しだけ拗《す》ねたような声色が耳元のすぐ近くから落ちてくる。

「またやり直し？」

ドロシーはふるふると首を横に振る。

幼い頃、木の上から眺めた風景と全く同じではないけれど、それでもそれに近い場所で。

こんなふうに求婚されて、もう断る理由はどこにもない。

「結婚、してください」

「……はい……っ」

改めて告げられて、思わずじんわりとしたものが喉の奥から込み上がるのに耐えながら、ドロシーはしっかりと頷いた。

――この人と、同じ未来を歩んでいきたい。

その気持ちに、嘘《うそ》偽りはどこにもないから。

「キス、してもいい？」

ドロシーから返された答えに酷く嬉《うれ》しそうな声で耳元の髪を掬《すく》いながら囁《ささや》かれ、思わず顔を朱色に染めながらも、ややあってからこくん、と首を縦に振る。

「……ん……」

そっと静かに重ねられ、落ちてきた唇はとても優しくて。

ただ触れるだけのキスは、名残惜しそうな気配を見せながらもゆっくりと離れていった。

「それと、これも……」

「これ……！」

次いで差し出されたペンダントに、ドロシーは驚いたように目を見開いた。

それは、つい先日までエリアスの耳元を飾っていた装飾品。

イヤリングだったものを加工して作り直されたペンダントに、そういえば少し前からエリアスの耳元からそれが消えていたことを思い出す。

「ドロシーの瞳の色と同じペンダント」

急いで作り直して貰ったものだからどうだろうと言いながら、エリアスはドロシーの首へそれをかけてくる。

「ほら、似合う」

ふわり、と柔らかく微笑まれてドキリとする。

シンプルに鎖に繋いだだけのペンダントだが、瞳の色と同じその輝きは、ドロシーの胸元でよく映えた。

「ドロシーの瞳と同じ色だからこれを選んだんだ」

甘く笑んだ瞳が懐かしそうに細められ、ドロシーは息を呑む。

元々これは、エリアスの魔力を制御し、万が一を知らせるための魔法石。恐らく今は、ただの魔力の補助道具に作り直されているだろうが、その意味を考えた時には複雑な思いも湧く。

「お揃《そろ》い」

自分の首元からも同じペンダントを取り出して、エリアスはなんのしがらみもなさそうに笑う。

それに、思わず泣きたくなってしまう。

もう、必要のなくなった制御道具。

「本当に。ずっとずっと好きだった」

その魔法石でイヤリングを作る時、どんな気持ちでそれを選んでくれたのだろうか。

もう会うことはないだろうドロシーのことを想いながら、いつも耳元にそれを飾って。

「うん……。嬉しい……」

素直な気持ちを口にして微笑んだ、その声色は少し震えていた。

知っている。エリアスが、今までずっと、ドロシーのことを想ってくれていたこと。

疑う要素などどこにもない。

「いい天気」

今にも溢《あふ》れそうになる涙を誤魔化すように空を見上げ、太陽の光の眩しさに手を翳《かざ》す。

「それは、もしかしたらドロシーが……」

「え？」

空気に溶けたエリアスの呟きに、ドロシーはきょとん、とした瞳を向ける。

「……なんでもない。明日も晴れるといいね」

そう眩しげに目を細めたエリアスへ、ドロシーは柔らかな笑みを浮かべて答える。

「晴れるわよ」

未来はいつだって明るいから。

「だって、世界はこんなに輝いてる……！」

太陽の光に手を伸ばし、ドロシーはキラキラとした希望に満ちた瞳を向ける。

「……好きだよ、ドロシー」

告げられた言葉に、満面の笑みを返す。

雲一つない青空には太陽が輝いて。

明日も明後日も。この先の未来もずっと。

この人がいれば、笑顔でいられるから。


「私も大好き……！」

——明日もきっと、晴れるに違いない。

あとがき

こんにちは。姫《き》沙羅《さら》と申します。

このたびは、本作品をお手に取ってくださり、誠にありがとうございました。心よりお礼を申し上げます。


本作は、「忘れられない出会い」をテーマに書いた作品です。恋愛小説ですので、もちろんヒロイン・ドロシーと、ヒーロー・エリアスの幼い頃の初恋からの再会をメインにしておりますが、もう一つ、ドロシーにとって憧れの人・ディアナとの出会いと再会も織り交ぜております。こちらのお話は、私の様々な思いをドロシーを通して代弁している作品でもあったりします。ですので、本作をお読みくださった方々が、ドロシーと共に泣いて笑って幸せを感じてくださっていたらこれ以上嬉しいことはありません。

みな様にとっての「忘れられない出会い」は、どんなものがあるでしょうか？　必ずしも恋愛相手ではないと思います。その出会いは、今もみな様の傍に在り続けていますでしょうか。

もう一度会いたい人がいます。私が学生時代からずっと同じペンネームで執筆活動を続けている理由は、私さえずっと〝ここ〟に居続けていれば、いつか私を見つけてもう一度会いに来てくれるかもしれないと願っているからだったりもします。

今作を通して私と出会ってくださった方々に、めいっぱいの感謝を捧げます。またお会いできたら嬉しいです。

また、お忙しい中、素敵なイラストを描いてくださったなま様、ここまでご指導くださった担当編集様、ありがとうございました。

そして、なによりも読者様。読者様の存在は尊く、執筆の励み・活力になっています。感謝の気持ちを語り尽くせません。

本作の制作・販売に携わってくださった全ての方々に、心から感謝しています。

最後になりますが、ここまでお付き合いくださり、本当に本当にありがとうございました。

本作が、みな様の日常の中でひとときの彩になることができていましたら光栄です。みな様の毎日が素敵なものでありますように。

姫　沙羅

ムーンドロップス作品
コミカライズ版！

〈ムーンドロップス〉の人気作品が漫画でも読めます！

お求めの際はお近くの書店または電子書店にて。

治療しなくちゃいけないのに、皇帝陛下に心を乱されて♡

宮廷女医の甘美な治療で皇帝陛下は奮い勃つ

三夏［漫画］／月乃ひかり［原作］

孤立無援OLが憧れの部長の花嫁にここは、私の願いが叶う世界

異世界で愛され姫になったら現実が変わりはじめました。上・下

澤村鞠子［漫画］／兎山もなか［原作］

17歳年下の魔王様と結婚しました！

少年魔王と夜の魔王
嫁き遅れ皇女は二人の夫を全力で愛す①②

小澤奈央［漫画］／御影りさ［原作］

夜の幣殿で行われる秘密の儀式とは…？

溺愛蜜儀
神様にお仕えする巫女ですが、欲情した氏子総代と秘密の儀式をいたします！①

むにんしおり［漫画］／月乃ひかり［原作］]

口を開けば罵詈雑言の天才魔術師が、甘く優しく私を抱くなんて……

ひねくれ魔術師は今日もデレない
愛欲の呪いをかけられて①

佐藤サト［漫画］／まるぶち銀河［原作］

美しく冷酷な魔王様――人間の騎士を男妾に迎えるけれど……

女魔王ですが、生贄はせめてイケメンにしてください①

三夏［漫画］／日車メレ［原作］

「俺がその復讐に協力してやるよ」上司によるセックス指導!?

処女ですが復讐のため上司に抱かれます！①

あまみやなぐ子［漫画］／桃城猫緒［原作］

★著者・イラストレーターへのファンレターやプレゼントにつきまして★
著者・イラストレーターへのファンレターやプレゼントは、下記の住所にお送りください。いただいたお手紙やプレゼントは、できるだけ早く著作者にお送りしておりますが、状況によって時間が掛かる場合があります。生ものや賞味期限の短い食べ物をご送付いただきますとお届けできない場合がございますので、何卒ご理解ください。

送り先
〒160-0022 東京都新宿区新宿1-36-2 新宿第七葉山ビル
(株) パブリッシングリンク
ムーンドロップス 編集部
○○（著者・イラストレーターのお名前）様

恋愛ご法度の魔女見習いなのに、学園一のモテ男から純潔を狙われています

２０２４年１０月１７日　初版第一刷発行

著…………姫沙羅
画…………なま
編集…………株式会社パブリッシングリンク
ブックデザイン…………しおざわりな
（ムシカゴグラフィクス）
本文ＤＴＰ…………ＩＤＲ

発行…………株式会社竹書房
〒102-0075　東京都千代田区三番町８－１
三番町東急ビル６F
email：info@takeshobo.co.jp
https://www.takeshobo.co.jp
印刷・製本…………中央精版印刷株式会社